ESSAI

SUR

LA POÉSIE ET LA POÉTIQUE,

PAR D. REBITTE.

PARIS,
CHEZ DEZOBRY, MAGDELEINE ET Cⁱᵉ

CAEN,
IMPRIMERIE DE CHARLES WOINEZ,
RUE NOTRE-DAME, 98.

1845.

ESSAI

SUR

LA POÉSIE ET LA POÉTIQUE,

Par D. Rébitté.

PARIS,
CHEZ DEZOBRY, MAGDELEINE ET Cie;

CAEN,
IMPRIMERIE DE CHARLES WOINEZ,
RUE NOTRE-DAME, 98.

1845.

ESSAI SUR LA POÉSIE ET LA POÉTIQUE.

I. Apres d'innombrables travaux sur l'art et les diverses questions qu'il fait naître , une idée qui interdise toute hésitation et triomphe de tous les doutes , une idée victorieuse entre tant de systèmes , qui se sont mutuellement détrônés , une idée profonde , simple et populaire , en matière d'art et de poésie , n'est pas encore venue.

Si l'on remonte à l'enfance de la raison, alors qu'elle se trouve liée à l'imagination et n'ayant pu encore en détacher son rôle ; de concert avec l'imagination , la raison, à son premier âge , explique l'art et la poésie par les fables et par les mythes : elle voit tout d'abord , dans la poésie, un attribut de la puissance divine. La poésie alors, c'est l'empire d'Apollon ; le poète , c'est l'homme qui écrit sous la dictée des Muses.

Mais échappant enfin à cette influence qui l'égarait, devenue forte et indépendante, la raison n'abandonne pas cette question, dont l'imagination s'était emparée. Tout au contraire , elle fixe sur elle sa curiosité la plus vive , elle la soumet à d'opiniâtres investigations. Et en effet, la poésie s'offre à elle comme une chose d'une immense étendue, dans cette vie universelle, dont la philosophie, c'est-à-dire la raison adulte et en possession de sa véritable destinée, prétend découvrir tous les ressorts et expliquer toutes les lois. Elle trouve la poésie non seulement dans les manifestations de la puissance divine et les formes générales de la nature; mais, dans la vie humaine elle-même, la poésie et les questions qui s'en suivent, s'offrent à la philosophie, intimement liées aux questions de devoir. De tous les temps, chacun le sait, la jouissance et l'exercice des arts ont donné lieu à des incertitudes fâcheuses pour les consciences. Or, avant de pouvoir statuer sur la moralité de l'art, il fallait bien en comprendre les fins et la nature. C'est pourquoi, repoussant les allégories et les mythes avec tout le respect qu'elle devait à ces belles et gracieuses idées, premier fruit et fruit brillant d'une civilisation éminemment poétique; reprenant la tâche que l'imagination avait usurpée, la raison a de bonne heure dépouillé la poésie de ces voiles éblouissants qui la faisaient remonter jusqu'aux cieux, mais qui empêchaient d'apercevoir les rapports, si essentiels et si intimes, qui la rattachent à la nature et à la vie humaine.

Une fois en présence de ce grand problème, la raison a tout fait pour en ouvrir les nœuds.

Occupée à expliquer l'être et la vie, sollicitée par le spectacle immense de tant de phénomènes et de tant de lois; en lutte avec elle-même, et quelquefois s'embarrassant elle-même dans sa marche; attirée de préférence par certains faits, qui prédominent dans le monde, qui sont les anneaux où tout le reste se suspend; la philosophie néanmoins a toujours dirigé sur l'art des observations plus ou moins obstinées, plus ou moins pénétrantes; mais, dans tous les cas, elle a rangé l'art au nombre des grands problèmes, qu'il lui importe de résoudre; bien plus, à mesure que ses conquêtes se sont multipliées et qu'elle a marché d'un pas plus sûr, avec le temps, à ce qu'il semble, l'importance de l'art s'est accrue à ses yeux; ainsi nous ne voyons, à aucune epoque, de philosophe éminent, qui n'ait songé à l'esthétique, et qui n'ait fait quelques efforts pour en poser ou en étendre les fondements; mais c'est aux temps les plus modernes qu'il était réservé d'en voir l'édifice hardi s'élever jusqu'aux nues et se confondre, pour ainsi dire, avec tout l'ensemble de la philosophie même.

Ces efforts, disons-le tout de suite, ont produit, surtout dans les temps modernes, des systèmes qu'on admire, et des conceptions où le génie philosophique se montre dans toute sa vigueur et dans toute sa majesté.

Ces conceptions, il faut l'avouer, nous séduisent, les unes, par l'audace et l'étendue des idées; les autres, par la rigueur patiente des analyses, qui leur servent de base; mais outre qu'elles se dérobent, par leur hauteur même, ou par leur profondeur, à la curiosité du vulgaire, aucune d'elles ne paraît avoir obtenu l'assentiment des philosophes eux-mêmes. Ainsi parmi les juges les plus aptes à prononcer sur leur valeur définitive, aucune n'a mis un terme aux contradictions et aux débats. On ne peut s'étonner après cela qu'elles aient échappé à tous ceux qui ont besoin de vérités claires et faciles, et surtout de vérités fécondes en déductions pratiques; et par suite, il leur manque à toutes ce cachet décisif que le bon sens imprime aux choses, quand il consacre, par une pratique heureuse, les explications et les lumières, qui se trouvent appropriées à ses besoins.

Au-dessous des philosophes, une autre classe de penseurs, plus nombreux et non moins actifs, ont soumis l'art aux plus minutieuses recherches, sinon dans la poursuite hardie et directe du même but, au moins dans quelques détours et quelques recoins de la même voie.

D'autant plus confiants, d'autant plus sûrs du succès, qu'ils appliquaient leurs analyses à des recherches plus matérielles, en quelque sorte, et plus positives, ceux-ci ont prétendu plus

directement à l'honneur d'éclairer la pratique par la théorie.
Mais, à leur tour, ils ont acquis plus de droits à l'estime des
théoriciens qu'à la reconnaissance des artistes. Un zèle infati-
gable a conduit et multiplié leurs travaux : il n'est point d'art,
dont ils n'aient laborieusement construit l'histoire; il n'est point
de pratique, dont ils n'aient patiemment cherché la méthode;
point de grand artiste, dont ils n'aient tenté d'expliquer les
procédés ; point de grand monument, dont ils n'aient essayé
de découvrir et de décrire la structure. Dans ces recherches,
si nombreuses et si variées, beaucoup se sont distingués par
la pénétration et l'exactitude. Mais une chose leur a manqué
toujours à ce qu'il semble : c'est une idée heureuse des lois intérieures de l'art, de ces lois qui seules fécondent l'art et le
vivifient. Au bout du compte il s'est trouvé que leurs découvertes et leurs vues enseignaient ce qu'il importait le moins
de savoir pour une direction efficace de l'art; ils ont formé la
science des choses faites, plutôt que la science des choses à
faire. Les philosophes ont eu raison de blâmer ce que leurs
doctrines diverses offrent de trop superficiel et de trop étroit ;
moins capables d'apprécier avec sévérité la valeur de leurs
maximes, les artistes n'en ont pas cependant reconnu l'utilité.

En se plaçant à un point de vue peu élevé sans doute, mais
qui domine cependant le fait aveugle et la routine dans les
arts, en se tenant plus près des vérités pratiques, sans dé-
daigner ce que la théorie a nécessairement de libre et d'abstrait, on serait tenté de reprocher aux uns et aux autres un
vice de méthode ; et leurs efforts, si ce reproche était fondé,
n'auraient pas rendu tout ce qu'ils pouvaient produire, pour
n'avoir pas su prendre la plus heureuse direction.

Sans doute on ne saurait contester aux philosophes l'éblouis-
sante sublimité et la prodigieuse étendue des synthèses, par
lesquelles ils ont essayé de rattacher l'art à la vie universelle
et à ses lois primordiales. Mais il est permis de dire que s'ils

ont satisfait aux besoins de la philosophie, ils ont peu fait en même temps pour la direction pratique des arts divers. A ne songer qu'aux intérêts immédiats de l'art même, ils ont péché, c'est certain, pour avoir pris la question de trop loin et de trop haut.

Il faut aussi louer, dans un grand nombre de cas, la patience et le talent de ceux qui ont borné leurs investigations aux questions d'histoire ou de méthode; mais, condamnés par la nature même de leur but, à n'égaler jamais l'essor sublime du génie philosophique, ils ont encouru le reproche directement opposé. Ce que les philosophes contemplaient de trop loin, ceux-ci l'ont envisagé de trop près; où les uns se laissaient aller à des conceptions trop vastes, les autres en sont restés à des idées trop étroites et sans portée; et des deux côtés, l'éclat des théories, ou la vérité des descriptions, n'en compense pas, du moins aux yeux de l'artiste, ni n'en corrige le vide et la stérilité.

En général, la philosophie part de quelque idée préconçue; l'art, dit-elle tout d'abord, a pour objet le beau, ou le bien, ou le vrai, ou quelque autre chose de même nature; cherchant aussitôt ce qu'est le beau, ou le bien, ou le vrai, elle détourne les yeux avec dédain de leurs aspects simples et de leurs formes familières; poursuivant la solution intime et dernière de son problème, elle s'attache au beau, au bien et au vrai absolus; une fois engagée dans la recherche et l'explication des idées premières, elle sépare, en quelque sorte, l'être et la vie des lois génératrices de l'être et de la vie; elle sort alors de l'activité humaine, pour embrasser de ses regards hardis, pour soumettre à ses audacieuses analyses l'activité même de Dieu. Or les formes essentielles de la vie et les méthodes de Dieu font bien des mondes; mais nous ne les voyons nulle part descendre à faire des tableaux ou des poèmes. Quand on quitte cet horizon si vaste pour rentrer dans la sphère de la vie humaine, quand on se renferme dans le simple domaine de l'art, on est convaincu que les principes de l'art, ceux du moins dont la connaissance importe a l'artiste, ne sont pas relégués si loin. Sans doute, et la philosophie le démontre fort bien, tout se lie à tout; mais il y a des rapports vrais, qui sont des idées stériles; l'artiste du moins éprouve qu'il y a des systèmes dont l'étendue fatigue les yeux sans éclairer l'esprit, et sans fournir au talent les germes d'une fécondité heureuse; une voix secrète l'avertit que le secret du génie est suffisamment exprimé par ses œuvres mêmes; seulement, comme l'art fécondé par le génie n'est point quelque chose d'indépendant et de détaché, comme il est impossible de n'y pas voir une forme immédiate de l'activité humaine; une sorte de nécessité nous ramène toujours de l'œuvre à l'ouvrier, de l'artiste à l'homme, des méthodes libres de l'art au jeu naturel et nécessaire de la vie humaine. Le bon sens consent à suivre la science des abstractions jusque-là; mais il lui répugne d'aller plus loin.

Le grand tort de l'autre méthode, celle qui s'applique directement à la pratique de l'art, est de s'en tenir trop exclusivement à la description extérieure de l'œuvre; c'est de chercher les lois de l'œuvre dans les formes de l'œuvre même, sans pénétrer jusqu'aux opérations intérieures par lesquelles le génie l'a conçue et exécutée, sans rattacher enfin le jeu du génie au jeu de l'âme et de la vie humaine en général. Cette méthode explique jusqu'à un certain point ce que tel ou tel artiste a fait ; mais elle est impuissante à dire comment il l'a pu faire ; elle va bien jusqu'à dénombrer et décrire son appareil et ses outils ; mais elle n'atteint pas au secret de sa force; elle suit le génie, au lieu de le précéder; elle flatte le génie par ses éloges, ou bien elle l'importune de ses censures, mais elle ne sait pas assurer son triomphe par une direction utile et de sages conseils ; étrangère à la conception de l'œuvre, elle

ne s'en occupe qu'après l'enfantement ; l'art fournit un ali-
ment à sa curiosité, mais, à son tour, il ne retire que peu de
fruit de son influence ; il lui demande en vain à quoi tient le
succès ; il en est souvent réduit à croire à une fécondité mystérieuse, soumise au hasard, dépendante des temps et des
lieux, à une sorte de fatalité contre laquelle l'émulation la plus
vive ne peut rien. Au lieu d'éclaircir ses doutes et de résoudre
ses hésitations, cette méthode au contraire les consacre et les
fortifie. Elle ne réussit pas même à bannir de ses propres idées
le désordre et la confusion. Stérilité dans les préceptes, contradiction dans les jugements, tel est trop souvent son caractère ; elle embarrasse et gêne l'artiste plus souvent qu'elle ne
lui sert.

II. Entre la méthode qui va perdre l'art dans la théorie de
l'absolu et celle qui le rabaisse à un pur mécanisme, ne peut-
on pas trouver place pour une troisième méthode, participant
de l'une et de l'autre, pour réunir les avantages des deux ;
ne dédaignant pas ce qui est invisible, et le poursuivant
aussi loin que la conscience peut aller, mais soigneuse de s'arrêter là où finit la série des vérités utiles ; familière avec les
faits ; habitant, pour ainsi dire, au sein de l'art ; une méthode
tout expérimentale et animée d'un esprit positif, mais jalouse
de s'élever au-dessus du détail, d'apercevoir les lois les plus
générales, et de donner à ses conceptions une mesure suffisante d'accord et d'étendue ?

Une légère esquisse de cette méthode, un essai dans ce genre,
un essai court et peu ambitieux, est le but de cet écrit. Notre
intention n'est pas, comme on le voit, de réformer ou de coor-
donner les différents systèmes que des philosophes éminents
ont proposés, en matière d'esthétique ; une tâche pareille serait au-dessus de nos forces ; et d'ailleurs nous ne venons
pas formuler une science ; nous proposons tout simplement

quelques idées, dont cette science pourrait faire son profit. Nous n'entendons pas non plus frapper d'un blâme absolu les innombrables travaux que l'art a fait naître en matière de critique et de méthode. Leur insuffisance est peut-être assez généralement reconnue ; mais on peut les rendre plus utiles, en les étendant. Il peut suffire pour cela de rencontrer un plus heureux point-de-vue, ou de jeter un peu plus de lumière sur un point-de-vue déjà trouvé. Notre but au fond, en suivant cette voie, est moins de courir après la nouveauté que de mettre dans un ordre plus rigoureux un petit nombre de vérités simples et familières. Pour contenir nos recherches en un terrein plus facile et mieux défini, nous réduisons la question de l'art à la poésie et la poétique. Notre programme ainsi tracé, et nos réserves ainsi faites, nous allons explorer d'abord le rôle et l'état de la poésie, soit dans la nature, soit dans la vie humaine. Les procédés que la nature enseigne, et les lois qu'elle prescrit pour l'application de la poésie dans l'art, viendront après.

III. Qu'est-ce que la poésie et où est-elle? Nous la cherchons sur son terrein le plus ordinaire et dans son état le plus familier. Est-elle placée si loin de nous, que nos faibles regards ne puissent l'atteindre ? Remarquons-le tout d'abord, tandis que la science la poursuit avec si peu de succès, la poésie subsiste de toutes parts et brille au grand jour, soit dans les œuvres de Dieu, soit dans les œuvres des hommes. Tandis qu'elle se joue de la raison et s'enveloppe pour elle de ténèbres impénétrables, elle se découvre partout au sentiment ; elle se livre, dans un commerce familier, aux regards des esprits les plus simples. Non seulement elle s'est pratiqué des entrées faciles dans l'âme de chaque homme ; mais c'est là qu'elle réside de préférence. Du reste, elle est partout, dans les choses de la vie les plus intimes et les plus cachées, comme dans celles qui se font et se passent au grand jour. Compagne inséparable des arts , ou plutôt leur libérale et commune nourrice , pour ne jamais se séparer d'eux , elle s'accommode de toute espèce d'habits ; elle respire, elle se produit avec eux, sous l'argile, l'airain , le marbre. L'industrie la plus humble ne l'appelle jamais en vain à son secours. Tant elle prend soin de se livrer à nos contemplations ! tant elle est attentive à s'offrir à nous sous les formes les plus variées et les plus palpables.

Dans la vie ordinaire , dans la vie de tous les jours, qui ne l'a mille fois rencontrée et retrouvée ? En regardant un temple , un pont, un rocher, qui n'a pas dit quelquefois , voilà de la poésie ! Il n'est pas donné à tous de la chercher parmi les créations des arts ; mais , pour n'exclure personne de son commerce bienfaisant, elle s'est placée sur tous les points de la nature. Un état du ciel, un nuage , un effet d'ombre ou de lumière , un paysage , un champ , un bouquet de feuillage , un brin d'herbe, tout la rend à nos regards charmés. Néglige-t-on de la chercher ? elle vient toute seule. Par cela seul qu'on vit, on la touche , on s'en nourrit sans cesse. Elle se confond intimement avec toutes les parties de la nature, qui agissent sur nos sens, qui éveillent et attirent nos pensées. Elle est l'âme de ce commerce, que nous entretenons avec le monde, et qui est la vie même ; elle est le ressort fondamental de la vie. Nous ne saurions nous soustraire à son empire, par cela seul qu'il nous est impossible de ne pas voir la campagne au printemps briller des plus riches couleurs, de ne pas ouïr le ruisseau qui murmure doucement , le fleuve qui mugit, la forêt qui gronde ; par l'odorat, le parfum des fleurs nous arrive et nous ravit, indépendamment de notre volonté ; une figure animée qui passe devant nous , le bœuf qui broute l'herbe au milieu d'une prairie, l'oiseau qui fend l'espace, l'homme qui marche, tous les objets dans la nature , toutes leurs actions , toutes leurs attitudes , contiennent la poésie et la remettent sous nos yeux. Nous voyons ainsi qu'elle existait avant nous , et qu'elle s'était placée dans la nature , attendant que nos yeux fussent ouverts , et que notre âme fût éveillée, toute prête à donner le mouvement à notre vie , et destinée à lui fournir son principal soutien.

IV. La poésie est donc un élément du monde. Mais en outre, elle est un rapport du monde avec nous. Le monde est tout rempli de choses qui contiennent pour nous la poésie. Mais elles ne sont poétiques que par rapport à notre âme. Le monde les contient, l'âme les contemple. Ce qui résulte du contact du monde et de notre âme, c'est l'impression poétique. Si certaines formes de langage n'étaient pas trop sèches dans une telle matière, on pourrait dire que l'âme humaine est le *sujet* poétique; la nature, le monde, tout le réel, qui comprend le monde et l'homme lui-même, pourrait s'appeler l'*objet* poétique; le contact du sujet avec l'objet, de l'âme avec la nature, serait l'*effet*, le *rapport* poétique. L'analyse, si elle s'arrêtait là, réduirait la poésie à trois éléments, la nature, l'âme, et l'impression de la nature sur l'âme. Mais en s'appliquant à chacun de ces trois termes, l'analyse, dans cette question, peut faire encore quelques pas.

V. Et d'abord, à prendre la poésie dans le domaine extérieur et matériel de l'être, nous voyons qu'elle n'a point d'autres limites que les limites mêmes de nos sensations et de nos perceptions dans le réel. Voilà pour l'étendue de la poésie et son domaine. Quant aux faits de détail que la poésie contient, il est manifeste qu'ils se multiplient avec l'analyse même de la nature et du monde. Plus nous découvrons de parties dans le réel, plus nous ouvrons de sources , par où la poésie naturelle s'épanche sur nous. A ce point-de-vue, le nombre des faits poétiques n'a pas de limite. Est-il besoin de le prouver? Qui ne voit que dans la catégorie *paysage*, pour commencer par cet exemple, il se rencontre une très-grande richesse de détails, empreints pareillement du caractère poétique? Il en est de même dans les catégories *ciel, lumière, animaux, vents, montagnes*. Il serait facile de pousser cet inventaire beaucoup plus loin. Mais l'analyse des faits poétiques, que la nature contient, n'aurait pas de limites, s'il fallait épuiser toutes les idées, toutes les découvertes, toutes les impressions, que l'âme la moins développée a réalisées dans la partie poétique de son existence.

Quant au *sujet* poétique, il suffit de constater que ce sujet, c'est l'âme humaine. Cela dit, il faut passer à l'*effet*, pour continuer l'analyse de l'âme dans sa fonction de *sujet* poétique.

L'*effet* de la poésie, le *rapport* de l'âme avec le monde extérieur, quand elle y puise la poésie, contient le nœud de la question, et doit fournir le germe de la solution entière. Tous les développements, qui viendront après, ne feront qu'ajouter la démonstration à la solution. L'analyse de ce point est donc d'une importance extrême. Heureusement que pour expliquer ce fait, nous n'avons qu'à l'observer dans nous-mêmes. Pour saisir l'effet de la nature poétique sur nous-mêmes, c'est assez de nous écouter.

Que se passe-t-il donc au fond de notre âme, que sentons-nous dans notre âme, soit que nous contemplions une montagne qui s'élève jusqu'aux nues, ou que nos regards s'étendent sur une plaine verdoyante; que nous considérions un ciel parsemé d'étoiles; que nous respirions le parfum de quelque arbuste en fleurs; que nous écoutions le vent dans l'air ou dans le feuillage; soit qu'une forme animée étale les grâces de la jeunesse sous nos yeux; ou que nous parcourions une galerie où se pressent les chefs-d'œuvre de la peinture ; soit que nous écoutions le chant d'un musicien habile ; ou que nous lisions une ode d'Horace, une élégie de Chénier, une comédie de Molière, une tragédie de Racine, un poème du Tasse ou de Milton ? Ce qui se passe alors en nous, ce qui reste dans notre âme, ce que nous sentons, quand le fait poétique s'est accompli, quand il a atteint son but et son terme, ce que la poésie nous laisse en dernière analyse, c'est uniquement et tout simplement une *émotion*.

VI. Essayons tout de suite d'expliquer et de définir ce que nous entendons par ce mot d'*émotion*.

Disons d'abord que nous distinguons bien l'*émotion*, que fait naître la présence et l'impression d'un fait poétique, de ce qu'en philosophie on appelle *sensation*, qu'on la prenne à son premier point, les organes, ou qu'on la suive au second et dernier terme de son développement, le sens intime, la conscience. Cette distinction repose sur une différence évidente, et qu'il est impossible, ce nous semble, que chacun n'ait pas reconnue et vérifiée suffisamment. Il est évident, par exemple, que l'effet produit sur mon âme par la lecture ou la représentation d'une tragédie, est fort différent de l'impression que fait sur moi un objet, que ma main rencontre et touche dans l'obscurité. En quoi diffèrent positivement l'une de l'autre les deux impressions que j'éprouve en ces deux cas, et quelle est la nature de chacune ? C'est à quoi le sens intime peut seul répondre ; mais il y répond de la même manière dans la conscience de chacun. Au surplus, cette question n'échappe pas à une analyse directe et positive. Si je m'avance dans l'obscurité, et que tout-à-coup, allongeant ma main, je touche un obstacle, que je ne vois pas, il m'arrive, de deux choses, l'une ; ou bien cet objet se définit pour mon intelligence, soit qu'un de mes sens en reconnaisse les for-

mes, soit que mon imagination le revête d'une idée et par
suite d'une forme déjà connue de mon esprit, déjà définie
pour mes yeux ; et alors, par l'effet même de sa forme réelle,
ou de sa forme imaginaire, cet objet rentre dans la classe
des objets sensibles, des faits contenus dans le réel, et il est
impossible qu'il ne produise pas en moi une émotion : ou bien
mes organes, ne suffisant pas à l'analyser, mon imagination,
ne lui prêtant pas des formes étrangères, mais réelles, mais
bien définies, il ne peut naître, dans mon âme, qu'une affirmation dénuée d'émotion ; je m'affirme bien, en ce cas, qu'une
chose est ; mais je ne sais pas comment elle est ; mon âme
échappe à l'impression de sa forme ; il naît bien, de cette
rencontre, un acte de l'intelligence ; mais la sensibilité n'en
est pas atteinte ; il n'en résulte pas une émotion.

J'arrive ainsi à distinguer, dans la vie de l'âme, deux états
bien différents ; l'état d'émotion, et l'état de simple pensée.

Quand je dis : *cinq et quatre font neuf ; neuf et trois font
douze :* l'âme est, durant cette affirmation, dans l'état de
simple pensée : elle y est de même, quand je dis : *le gouvernement monarchique est plus paisible que le gouvernement démo-
cratique :* ou encore : *les acides rougissent la teinture de tourne-
sol.* Cette sorte d'action ou d'état a pour caractère distinc-
tif de ne point ébranler l'âme, de ne l'échauffer point, de ne
la point émouvoir. Cette action ou cet état constitue, dans la
vie de l'âme, un fait, ou plutôt un ordre fort étendu de faits,
qui entrent dans le développement de toutes les âmes, qui
ont leur nom dans toutes les langues. Ce fait, considéré dans
le détail, et pris tout seul, s'appelle pensée ; pris dans la com-
plexité, formant une série et un ensemble, il s'appelle science.
Il ne faudrait pas induire de ceci que dans notre théorie la
science soit essentiellement séparée de la poésie. Le moment viendra où nous prouverons le contraire. Mais dans
la science, et en général dans toute combinaison d'idées, il

faut distinguer soigneusement ce qui est une simple affirmation, de ce qui est un fait ou une idée susceptible de produire
une émotion ; d'autant plus que le caractère définitif de la
science est précisément de renfermer un plus grand nombre
d'affirmations, dont l'intelligence seule se nourrit, et un moindre nombre d'idées ou de faits, dont l'âme est émue.

La science, et c'est tout ce que nous avons a dire pour le
moment, la science a pour fonction essentielle, d'affirmer
que telle chose est, ou qu'elle n'est pas, que telle chose est, ou
qu'elle n'est pas, de telle manière. Elle dépouille les êtres de
leurs apparences matérielles, elle leur ôte ces formes extérieures, qui frappent nos sens, qui s'impriment dans nos
oreilles ou dans nos yeux ; elle ne fixe son attention que sur
des qualités abstraites, que sur des rapports, qui ne sont
qu'une partie de l'être, qui en contiennent bien quelques linéa-
ments, mais qui ne sont pas l'ensemble de la figure ; et de la
sorte, dirigeant ses affirmations sur des choses qui n'ont
qu'une existence fictive, la science occupe le plus souvent
l'intelligence, sans que ces affirmations offrent à la sensibilité des faits ou des idées, qui aient la puissance de l'émouvoir.

La poésie admet l'affirmation, comme nous aurons à
le dire plus tard ; mais elle ne consiste pas essentiellement
dans l'affirmation toute seule ; au contraire, tout en se ser-
vant nécessairement de l'affirmation, elle réside spécialement et uniquement dans l'émotion ; la pensée ou l'idée, qui
entre dans la pensée, comme élément constitutif, ne produit
pas d'émotion, dans sa fonction de pensée ou d'idée, qu'on
affirme ; ainsi, que l'on me dise : *un triangle est un espace
compris entre les points d'intersection de trois lignes qui se
coupent deux à deux :* cette combinaison d'idées, cette affirmation, entre dans mon intelligence, sans exciter, dans
mon âme, ni surprise, ni crainte, ni admiration, ni dégoût,

ni aucune espèce d'émotion ; mais si j'ôte à l'idée, que cette pensée explique, son caractère d'affirmation abstraite, si je prends le triangle avec des formes saisissables pour mes yeux ; si je lui donne un corps bien sensible, bien défini ; si je le considère, par exemple, dans le fronton du Panthéon ou de la Madelaine, alors, au lieu d'une vue abstraite, j'ai une sensation matérielle, bien définie, qui me donne une émotion ; la présence de ce fait excite une émotion, qui est sans doute plus ou moins faible, plus ou moins forte ; mais c'est toujours une émotion ; l'état, où mon âme se trouve alors, est essentiellement différent de l'état où mon âme se trouvait, quand mon intelligence seule observait la notion abstraite du triangle ; celui-ci était l'état de simple pensée ; celui-là est l'état où me met la poésie ; il est ce que j'appelle l'état d'émotion.

VII. Faut-il prendre le mot d'émotion dans toute l'étendue du sens que le langage ordinaire lui donne? Dirons-nous que toute émotion est une émotion poétique? Pouvons-nous ramener les variétés de l'émotion à l'unité ; de telle sorte que le caractère de la poésie soit quelque chose d'universel et de simple?

Remarquons d'abord, en nous appuyant sur l'expérience du sens commun, qu'il y a plusieurs sortes d'émotions. Ces diverses sortes d'émotions se trouvent constatées et désignées par des mots qui sont dans toutes les langues, et que chaque homme emploie à tout moment. Ces mots et ces noms sont, pour citer quelques exemples, *pitié, terreur, surprise, admiration, indignation, enthousiasme, horreur, dégoût, désir, volupté, douleur, regret, colère,* et en un mot, tout ce qui désigne un état de passion, un état de l'âme émue.

Ces diverses sortes d'émotions forment-elles autant d'espèces, essentiellement distinctes, et n'offrant toutes ensemble aucun caractère commun, aucune condition d'être, qui les fasse rentrer toutes dans un seul et même genre?

Au premier aspect, elles semblent se diviser en deux catégories profondément différentes, puisqu'elles paraissent, dans ces deux ordres, opposées et contraires. Ces deux ordres, ces deux catégories, sont : l'agréable, et le désagréable.

Ces deux espèces, agréable et désagréable, n'ont-elles rien de commun? Nous pensons qu'elles existent bien chacune en soi, mais qu'elles ne sont pas essentiellement distinctes, ni si bien séparées, qu'elles ne se réunissent et ne se confondent dans un arrière-goût commun. Pour trancher la difficulté tout de suite, nous disons qu'il n'y a point d'émotion désagréable, qui n'ait une suite agréable, par cela seul qu'elle est une émotion. Cette opinion pourrait paraître étrange. Hâtons-nous de dire que des faits qui ne sont pas rares, en attestent la vérité. Qu'un homme, quel qu'il soit, assiste au spectacle d'une mort violente, il éprouvera d'abord un sentiment d'horreur ; ce sera donc d'abord une émotion désagréable ; mais cette émotion ne s'achèvera point, elle ne passera point, sans laisser, dans l'âme de cet homme, un arrière-goût, qui sera du plaisir. La preuve en est que si vous donnez au peuple le spectacle d'une exécution publique, il a beau frémir, et frissonner, et recevoir une commotion qui paraît porter le trouble dans sa vie; il finit toujours par éprouver une émotion de plaisir, dont il est avide, quand une fois il l'a connue; il ne se lasse point de revenir au spectacle qui lui a donné cette émotion. Que la chose étonne ou n'étonne pas, c'est là du moins une vérité aussi ancienne que le monde; depuis qu'il y a des hommes, il n'y eut jamais spectacle si horrible, qui n'attirât des spectateurs. Est-ce à dire qu'il ne faille voir là qu'un fait monstrueux, qu'un fait, qui ne saurait se produire dans les conditions essentielles d'un fait normal, c'est-à-dire, dans une suffisante généralité ? Mais tout le monde a dans l'esprit la preuve du contraire. Les jeux sanglants du cirque ont fourni cette preuve pendant plusieurs siècles. Des faits permanents, des faits toujours récents, la renouvellent et la multiplient dans le cours ordinaire des choses. Mais, sous ce rapport, les seules annales de la guerre suffisent, ce nous semble, pour interdire toute hésitation.

Il nous reste à voir ce que cette idée vaut dans cette théorie. Nous ne pouvons pas, appuyés sur elle, renverser absolument la distinction de l'agréable et de son contraire. Cela choquerait l'évidence, et nous n'avons nul besoin de cette conclusion, fût-elle vraie. Il nous suffit d'établir que l'émotion désagréable a deux moments successifs et nécessaires ; le premier mérite véritablement le nom d'émotion désagréable ; mais le second est une émotion de plaisir. N'a-t-on pas dit que la douleur même a des charmes? Alors même que l'âme est frappée d'un choc qui l'ébranle péniblement et la déchire, après la rupture d'une affection qui lui était chère, sous le coup d'une commotion dont elle est bouleversée, ne se complaît-elle pas d'ordinaire à conserver long-temps, à retenir, avec une sorte d'opiniâtreté, l'arrière-goût de ces émotions qui l'ont meurtrie et brisée? Cela ne prouve-t-il pas que dans les choses de la vie réelle, de même que dans les impressions produites par les arts, l'émotion désagréable devient à la fin une source de plaisir, comme si c'était assez de sentir une émotion quelconque, et de jouir, dans une espèce quelconque, de l'exercice de la vie?

Nous n'avons pas besoin de remarquer que cette seconde partie de l'émotion désagréable admet des degrés et des différences; que, par exemple, un Athénien qui assistait à la représentation d'OEdipe-Roi, et une mère qui pleure un fils que la mort lui a ravi, n'auront éprouvé, ni en premier lieu, une douleur égale ou pareille, ni, en second lieu, un plaisir de même nature et de même intensité; mais il n'en est pas moins vrai, qu'en fin de compte, les palpitations de l'âme dans celui qui assiste à la sombre tragédie, et les déchirements intérieurs de celle qui réclame en vain au tombeau les parties les plus vives de ses entrailles, produisent une émotion qui force le premier à mêler des sourires à ses larmes, et qui fait trouver à l'autre, par une loi naturelle, une douceur secrète dans ses pleurs. L'observation atteste ces faits. La logique ne souffre pas qu'on en méconnaisse l'analogie.

Il suit de là que l'âme se complaît en toute sorte d'émotions, et que, par suite, toutes aboutissent à cet effet agréable, universellement cherché, naturel et nécessaire, dans le jeu régulier de la vie, à cet état enfin, qui est purement et simplement l'état d'émotion.

Ce qui précède etablit que la poésie est quelque chose de complexe, qui a son objet dans les faits du monde extérieur, qui a son sujet dans l'âme humaine, qui trouve enfin sa réalisation dans le rapport de ces deux termes, rapport que nous nommons *émotion*.

VIII. Mais ici il faut remarquer que l'âme elle-même compte dans la nature, et que, par suite, elle fait partie des choses susceptibles de l'émouvoir. Il est donc nécessaire d'ajouter que l'âme humaine peut se fournir à elle-même des faits qui lui donnent l'émotion. Souvenons-nous que l'âme, dans la contemplation de la nature et de la vie, jouit aussi du spectacle de sa propre activité. Nous serons dès-lors obligés de faire entrer au nombre des faits poétiques, non seulement les faits matériels, qui ont lieu dans la nature, hors de l'âme, hors de ses organes matériels, mais encore toute cette vie intérieure que l'âme anime, et l'âme elle-même avec tout ce qu'elle produit d'analogue à sa nature. De la sorte, nous ajouterons aux faits du monde matériel les faits de l'ordre métaphysique. De la sorte enfin, nous aurons fait entrer dans les limites de notre définition tout l'espace où la poésie exécute ses évolutions, tous les aspects de la nature que l'art offre à l'âme, en aboutissant toujours à l'âme, qui est son centre et sa fin.

Ce système fait entrer l'émotion elle-même au nombre des faits poétiques ; de telle sorte qu'il suffit d'être ému pour répandre et communiquer l'émotion. En faisant cette remarque, nous nous emparons d'une idée, qui est dans la critique depuis bien des siècles. Mais, ce qui vaut mieux, elle est attestée par l'expérience de tous les hommes. Au fond, il ne s'agit donc pour nous que de la rattacher à notre théorie.

Nous avons d'abord considéré l'émotion comme un fait de l'ordre métaphysique ; et jusque-là nous n'avons pas eu à craindre de contradiction. Mais il faut dire, en outre, que toutes les espèces de l'émotion se communiquent, dès qu'elles sont manifestées, comme poussées par une force naturelle et irrésistible. Nous remarquons, à ce sujet, que l'idée de la propagation d'une émotion ou d'une passion, ce qui est à peu près la même chose, puisque la passion n'est que l'émotion répétée et devenue une habitude ; cette idée, disons-nous, est inséparable, dans l'esprit de tout homme, de quelque image empruntée à la transmission d'un élément très-rapide ; c'est ce dont le langage ordinaire fournit des exemples nombreux. Si l'on songe, d'ailleurs, qu'on voit, dans l'histoire et dans la vie ordinaire, les sentiments agir sur les âmes comme une contagion, on est amené tout naturellement à penser qu'il existe, entre celles-ci, un lien secret, une affinité naturelle, qui les fait s'enflammer toutes des émotions que l'une d'elles a éprouvées. Y a-t-il lieu de s'en étonner? On admet aisément que les âmes sont toutes organisées de la même manière. Peut-on douter, après cela, qu'elles soient toutes susceptibles d'éprouver l'émotion, dont l'une d'elles est agitée, et qu'elles s'unissent dans l'accomplissement d'un même phénomène, répétant la même émotion, comme une série d'échos répètent le même son? Nous n'allons pas jusqu'à dire qu'une émotion se communique par cela seul qu'elle existe. Il faut, en outre, qu'elle soit exprimée, qu'elle revête la forme d'un fait extérieur. Mais nous disons qu'elle prend des formes sensibles, qu'elle se produit à l'état de fait extérieur, en s'exprimant par des signes divers, par la parole, par l'attitude, ou par le geste. Dès qu'elle s'est constituée à l'état de fait sensible, les autres âmes la saisissent; elle peut bien les émouvoir plus ou moins qu'un autre fait poétique; mais c'est seulement parce qu'elle est un fait poétique, qu'elle les émeut; et par là, elle rentre manifestement dans les conditions générales des faits que nous appelons poétiques.

Cette doctrine n'attaque point la liberté, parce que l'émotion ne tombe pas sous l'empire de cette puissance, si grande et si importante dans les fonctions de l'âme. L'âme, en effet, ne peut pas s'empêcher d'être émue, quand une cause d'émotion agit sur elle. Il y a, dans ce cas, une loi fondamentale de son organisation, qui se satisfait; il y a mieux encore; c'est le principal ressort de la vie, qui joue, celui qui donne le mouvement à toute la vie. On conçoit sans peine que la nature a fait commencer le libre arbitre au-delà de cette fonction, parce qu'elle a voulu, par une de ses lois, par une loi éternelle et nécessaire, gouverner elle-même et soutenir le fond de notre existence.

L'émotion étant ainsi une fonction imposée par la nature à toutes les âmes, et la poésie ayant un rapport nécessaire avec l'émotion, il s'en suit que la poésie est, elle aussi, une fonction essentielle de la vie. Nous pouvons nous expliquer de la sorte pourquoi tous les hommes sont sujets à mettre les formules de la poésie dans leur langage, et pourquoi la poésie se produit uniformément dans tout état de civilisation et dans toute société. Il faut dès-lors regarder la poésie ce qu'on nomme vulgairement et spécialement poésie, comme tous les arts plastiques sans exception, qui ne sont que des espèces dans la poésie universelle; il faut, à ce qu'il nous semble, regarder la poésie en général, comme une chose légitime et nécessaire. L'homme est poète, par cela même qu'il vit, et qu'il est homme. Cette fonction de sa vie ne peut cesser, qu'au moment où sa vie même se détruit. Si l'humanité ne devait jamais périr, la poésie aussi serait éternelle.

IX. Nous avons admis que l'émotion est susceptible de degrés divers. Est-il nécessaire de développer les conséquences qui découlent de cette idée? Faut-il ajouter que, dans une âme, l'émotion est moins vive que dans une autre; qu'il y a, sous ce rapport, des mesures différentes d'aptitude et de capacité? Faut-il faire observer que les émotions les plus vives produisent les plus grands contre-coups? Est-il nécessaire de remarquer que l'émotion se comporte à la façon de tous les phénomènes, où il entre une action et un mouvement; que ses effets se proportionnent à sa force; qu'elle s'affaiblit par son action même; que le sens poétique, là-même où il est très-sensible et très-énergique, est sujet à ne produire parfois que de faibles effets; que par suite la nature invariable du fait extérieur ne lui assure pas une influence toujours égale sur l'âme, et que le talent poétique est sujet à de profondes inégalités? Ce sont là, ce nous semble, des conséquences qui se déduisent tout naturellement de nos prémisses, et qu'il est à peine nécessaire d'indiquer.

Ces détails, au surplus, n'ont qu'un but; c'est de montrer toute l'étendue du principe, sur lequel notre théorie est fondée. Le grand tort, à nos yeux du moins, des théories qu'on a proposées jusqu'ici sur la même question, c'est de n'expli-

quer que quelques espèces de l'art poétique. Nous croyons
que nos vues s'étendent à toutes. Le comique, par exemple,
est resté jusqu'à ce jour, dans l'explication de la poésie, un
ordre de faits, dont on avait peine à concevoir la nature. Il
est vrai que la comédie a pu paraître suffisamment expliquée
par la doctrine de l'imitation. Mais il restait toujours à savoir
quelle est la chose, que l'imitation met en œuvre, pour former
le poème comique. Xanthias, fait à l'image du poltron, constitue bien une imitation, une reproduction d'un caractère
connu. Mais dans les détails du rôle, quand Bacchus propose
à son compagnon de prendre son âne sur son dos, je trouve,
dans cette proposition, un trait comique, mais je ne vois, dans
cette idée, rien qu'on puisse appeler imitation. Dans la théorie
que nous proposons, le comique se laisse atteindre par l'a-
nalyse, autant qu'il importe à une théorie pratique, et l'application qu'il souffre est conforme au sens commun; elle est
confirmée par une expérience que chacun peut faire. Qui n'a
éprouvé en effet que certains phénomènes naturels, une attitude, un mouvement de visage, le contraste de deux choses
en certains cas, une certaine expression de la figure, et mille
choses analogues, prises dans le détail, indépendamment
d'une action continue et exécutée par plusieurs personnages,
excitent en nous cette émotion qui se manifeste par la mo-
querie et par le rire? Si la nature contient l'objet de l'émotion comique à l'état de fait naturel et matériel; si l'âme,
dans l'émotion comique, est *sujet* par rapport à la nature,
de la même manière que dans toute autre espèce d'émotions;
le comique n'est pas autre chose qu'une certaine espèce de
faits dans le genre qui contient la totalité des faits poétiques;
et cette remarque, toute banale qu'elle paraît, a pourtant
son prix. Sans doute elle n'explique pas l'essence du fait comique. Mais si l'essence du fait comique importe à la philosophie, elle est à peu près sans importance pour l'art. En effet,

l'artiste ne remonte pas à l'essence des choses, il tient à trouver tout d'abord les choses elles-mêmes. Ce qui lui importe avant tout, c'est de savoir où elles sont. Disons-lui donc que les faits comiques s'offrent à lui épars, dans la nature, parmi les autres faits de poésie; pour les trouver, il n'a qu'à ouvrir les yeux; le soin de les mettre en œuvre, est l'affaire de son génie.

On remarquera peut-être que dans le cours de cette analyse, nous ne nous sommes arrêté jusqu'ici ni sur le *beau*, ni sur le *vrai*, ni sur l'*idéal*, ni sur l'*infini*, et autres mots que l'on rencontre dans les théories, qui ont pour but d'expliquer l'objet de l'art. Nos recherches tendant à délivrer la théorie de l'art poétique de tout mot qui ne répond pas à une idée positive, et de toute idée qui place les fondements de l'art sur le terrein mouvant des abstractions, nous repoussons l'infini et tout ce qui lui ressemble, parce que nous ne voyons nulle part l'infini dans les poèmes, et qu'il n'y a rien dans l'art, rien absolument, qui échappe à l'intelligence, ou même qui ne tombe sous les sens; ces conceptions transcendantes, mais vagues et sans précision, ces notions insaisissables, répugnent au but d'une théorie, qui doit à son tour enfanter une méthode : ces vues, comme nous l'avons déjà dit, et c'est là ce qui nous en éloigne, ne fournissent aucune conséquence, aucun enseignement, aucune règle, dont l'art puisse faire son profit. Nous laissons donc l'infini, parce qu'il nous est impossible de lui trouver une place et un rôle dans l'art. Quant à l'idéal, nous avons peine à découvrir la notion fixe et permanente, sous laquelle il doit entrer dans l'esprit de l'artiste. Nous ne voyons point dans la nature un ordre de faits, qui appartiennent à l'idéal, comme nous y voyons, par exemple, un ordre de faits, qui constituent l'espèce poétique berger, ou l'espèce poétique soldat, ou toute autre espèce de faits, qui, dans la vie humaine, ou dans la

nature, éveillent l'émotion poétique. Si l'idéal ne forme pas
un ordre particulier de faits, est-il un attribut commun à
tous les faits poétiques ? Il y aurait alors dans tout fait poétique, un état idéal, et un état qui n'est pas idéal. C'est là ce
que nous ne pouvons ni affirmer, ni nier tout de suite, et ce
qu'il serait hors de propos de discuter maintenant, puis que
nous en sommes pour le moment à constater l'existence des
faits poétiques et leurs espèces. La discussion de l'idéal viendra donc plus tard. Quant au beau, soit physique, soit moral, nous nous bornons à dire qu'il y a une espèce de faits,
qui ont pour caractère la beauté, comme il y a une autre espèce de faits, qui, par exemple, ont pour caractère la laideur.
Nous n'excluons pas le beau de la poésie. A Dieu ne plaise
que nous en méconnaissions l'importance et l'étendue ! Mais
nous ne pensons pas non plus que la poésie ne soit que dans
le beau. Le beau constitue selon nous une espèce dans les
formes que les faits poétiques peuvent revêtir. Mais, dans les
faits poétiques, nous n'admettons pas exclusivement une seule
espèce de formes. Ainsi nous admettons le beau. Mais nous
ne repoussons pas le laid, qui est son contraire. Il nous semble que le laid est une source féconde de faits essentiellement
et légitimement poétiques. Ainsi, l'Œdipe-Roi de Sophocle,
quand il revient sur la scène les yeux crevés et le visage
couvert de sang, est à nos yeux un fait poétique, bien qu'il
soit repoussant et difforme. Thersite dans Homère, de même
que Falstaff, dans Shakespeare, n'est pas, selon nous, une
création moins légitime. Nous passons, à l'auteur de Macbeth,
la scène des sorcières, à Virgile, l'épisode des harpies, à Lu-
cain, les enchantements de la Thessalienne, à Horace, les
enchantements non moins affreux de Canidie. Si le caractère
de la beauté manque à ces faits de poésie, nous y trouvons
d'autres formes, qui pour être diverses, n'en sont pas moins
empreintes du caractère essentiel de la poésie, puisqu'elles

aboutissent à l'effet unique et essentiel de la poésie, c'est-à-dire à l'émotion.

Quant au beau dans l'ordre moral, il se comprend moins bien que le beau dans l'ordre matériel. Toutefois, si nous concevons bien le beau moral, si la mort de Socrate, par exemple, est un fait de cet ordre, nous osons dire que le beau moral ne peut entrer dans la poésie, qu'en revêtant des formes sensibles. Qu'un poète, et de même un peintre, ou un sculpteur, ait à me représenter ce fait de beauté; il ne suffira pas qu'il mette dans mon esprit une pensée de ce genre : *Socrate meurt;* ou même, *Socrate meurt, résigné à une mort, qu'il n'a point méritée, parce qu'il ne veut pas se soustraire à l'autorité des lois.* Pour que le peintre ou le poète expriment la poésie de ce fait et de cette situation, il faut qu'ils me représentent ce fait et cette situation sous des formes sensibles. J'ai besoin de voir Socrate. Il faut qu'on me dépeigne sa figure. Il est nécessaire que je m'approche de ce lit où le sage va mourir; que je touche du doigt la coupe empoisonnée, cette coupe terrible qu'il s'apprête à boire. Je ne puis pas me passer de la vue de ses amis éplorés. Mon oreille a besoin d'ouïr et les tendres instances des disciples, qui veulent sauver leur maître, et les magnanimes réponses du sage, qui veut leur enseigner le mépris de la mort et le respect des lois. Il faut enfin que je voie briller sur le front du philosophe cette divine sérénité, qui illumine son visage, comme un dernier rayon de sa vertu. Si cette scène s'offre à mes yeux, claire, vivante, et pour ainsi dire palpable; si tous ces faits se passent, au grand jour, et sous mes yeux, ce fait de beauté morale n'est plus une chose incorporelle et insaisissable, et j'y reconnais non seulement un fait réel et matériel, mais j'y trouve encore un groupe assez considérable de faits réels et matériels; je ne saurais d'ailleurs méconnaître la présence de la poésie;

car je suis ému par ce groupe de faits réels, qui agissent à la fois et sur mes sens et sur mon âme.

Passant du beau au vrai, je suis arrêté tout d'abord par ce que ce mot a d'obscur et de vague. Mais je me dis tout de suite que le vrai est ou dans l'abstraction, ou dans la réalité. Qu'est-ce que le vrai dans l'abstraction? Je conçois des idées vraies et des pensées vraies. Hors d'une idée ou d'une pensée vraie, sans me remettre dans l'esprit une idée ou une pensée vraie, puis-je concevoir la vérité? Je puis bien concevoir la vérité comme une possibilité, comme un attribut, comme une forme, susceptible de descendre sur mes idées et mes pensées. Mais si je conçois l'existence de cette abstraction, sans lui donner une place dans le réel sensible et un corps, puis-je la concevoir placée au milieu des faits poétiques? Je ne le puis nullement; car je ne conçois pas le fait poétique sans une forme. Si je donne une forme à la vérité, si je la place dans une idée ou dans une pensée, ou cette idée et cette pensée occupent mon esprit, en tant qu'idée et que pensée, ou de plus elles mettent un objet sensible sous mes yeux. Si je ne considère que l'idée en elle-même ou la pensée, je suis dans cet état, qui me paraît étranger à l'émotion, et que j'ai nommé l'état de pensée, le simple fait de science. Or l'état de pensée, étant distinct de l'émotion, n'est pas un fait constitutif de poésie. Jusque-là donc, le vrai n'a rien à faire avec la poésie. Pour trouver son rapport avec la poésie, je suis obligé d'aller plus loin. Il ne me reste déjà plus que le vrai, répondant à un objet sensible. Cette dernière espèce de vrai rentre-t-elle enfin dans le domaine de la poésie? La question est délicate. Toutefois je suis certain, dès-lors, qu'un objet poétique est sous mes yeux, que cet objet est vrai ou faux, ou plutôt que mon idée, par rapport à cet objet, est fausse ou vraie. Mais je suis forcé de reconnaitre que dans tous les cas un objet est

sous mes yeux. Si mon idée est vraie, je ne me méprends pas
sur l'objet, et celui que je crois voir, est bien celui que je
vois. Si mon idée est fausse, l'objet me trompe, et celui que
je vois, n'est pas celui que je crois voir. Mais que mon idée
soit fausse ou vraie, j'ai toujours un objet sous mes yeux, et
si cet objet me donne une émotion, que je voie juste ou que
je voie faux, l'objet n'en est pas moins un objet poétique;
qu'il soit celui que je crois voir, ou qu'il soit autre, il remplit
toutes les conditions de la poésie, s'il m'émeut. La fausseté
ou la vérité de l'idée ne fait donc rien à la poésie, au point-
de-vue de la vérité abstraite et absolue. Au point-de-vue du
poète et de l'artiste en général, si l'idée était obscure, le mal
serait bien plus grand. En effet, là où l'idée est obscure, l'objet n'est pas bien défini, et je ne saurais avoir un sentiment
complet de sa forme. Plus l'objet est lumineux, plus l'idée est
claire, et plus aussi l'impression de cet objet sur l'âme est forte
et vive. Les bons peintres le savent bien, et les bons poètes
aussi. Si nous leur parlons du vrai absolu, les uns et les autres auront peine à nous entendre, à ce que j'imagine. Mais si
nous parlons aux poètes, de clarté, aux peintres, de dessin
net et précis, artistes et théoriciens, nous serons d'accord
tout de suite.

X. Il nous a paru nécessaire de montrer la poésie dans la
nature avant de la chercher dans l'art. S'il est des esprits qui
ne séparent pas la poésie de l'art même, il nous faut leur
montrer maintenant que la poésie dans l'art se compose des
mêmes éléments que la poésie naturelle, et qu'elle tire de
cette source unique et ses qualités constituantes et ses procédés.

Nous allons étudier, dans ce but, le rapport de l'art, dont
la poésie est l'objet, avec la poésie même, telle que nous la
voyons dans la nature.

Le rapport de la poésie naturelle avec la poésie que contiennent les productions des arts, se trouverait suffisamment
expliqué par ce qui précède, si nous bornions nos recherches à la théorie de la peinture ou de la sculpture et des arts
plastiques en général. Nul n'ignore en effet que le sculpteur
prend d'ordinaire ses types dans la nature, et que le peintre
ne peut absolument pas se passer de modèles vivants; s'ils
n'ont pas l'un et l'autre, sous leurs yeux, des figures et des
formes, qui s'impriment dans leurs sens avec toute la puissance de la vie actuelle et matérielle, ils auraient beau de-
mander à leur mémoire et à leur imagination des idées et des
formes précédemment conçues; une sorte de sommeil en-
gourdirait leur génie, et tarirait en eux la source de l'inspiration. Dans les bonnes conditions de l'art, le poëte ne se comporte pas autrement que le peintre et le sculpteur, bien qu'il
use d'opérations un peu plus compliquées.

Pour apercevoir le rapport de la poésie dans la littérature
avec la poésie naturelle, pour le comprendre, tel qu'il nous
semble exister, il faut se souvenir que l'âme n'est pas soumise
à l'action des choses extérieures au point qu'elle ne puisse
agir elle-même, qu'autant que l'impulsion des choses extérieures la pousse à l'action. A mesure que l'âme agit, à mesure
qu'elle vit et se développe, elle amasse un trésor de notions,
dont chacune répond à quelque partie ou à quelque aspect du
réel. Ces notions du réel sont d'autant plus nettes et d'autant
plus durables que les impressions du réel lui-même ont été
plus vives. Il se peut que quelques-unes s'effacent; mais alors
les organes se sont détériorés, et les facultés de l'âme se
trouvent affaiblies. Il se peut que quelques-unes de ces idées
soient rebelles aux appels de la mémoire; mais alors les appels de la mémoire manquent d'énergie. Mieux une âme est
organisée, et mieux elle conserve ces images, et plus aussi elle
est maîtresse de ses souvenirs. Avant ses premières rencontres

avec le réel, toute âme, qu'elle fût d'une nature faible, ou
qu'elle se trouvât douée d'une sensibilité vive, n'a pu ni pré-
voir, ni choisir ces rencontres, qui ont été soumises à de
pures éventualités d'espace et de temps. Mais ces rencontres
survenues, et ces impressions une fois accomplies, les notions du réel, dans l'étendue où l'âme l'a rencontré, étant
pleinement acquises et confiées à la garde fidèle de la mémoire, l'âme n'a plus besoin de sortir d'elle-même, si l'on
peut ainsi parler, pour réveiller les impressions que lui donna
le réel; elle trouve en elle-même une forme exacte du réel;
et cette forme, qui gisait dans la mémoire, elle l'évoque à
volonté. Bien plus, ces formes, ces images du réel, qu'elle
conserve en elle-même, n'ont pas perdu, sous le rapport de
la poésie, la nature et la puissance du réel. Il se fait ainsi que
ces représentations idéales émeuvent l'âme, de la même manière que le fait matériel et vivant. Elles excitent sans doute
des émotions plus ou moins profondes. Mais elles gardent
jusqu'à un certain point la faculté d'émouvoir l'âme, qui les
contemple dans ses souvenirs. Ce n'est pas tout : si l'on produit au-dehors ces représentations intérieures, en les enve-
loppant de formes sensibles, elles produisent un effet analogue sur l'âme de ceux qui les saisissent sous ces signes, et
l'on est ému en présence de cette sorte d'images, comme on
le serait en présence du réel. Pour expliquer cela par un
exemple, je puis, sans sortir de ma maison, au milieu de
l'obscurité la plus épaisse, me représenter le fait réel, le fait
poétique, qui consiste en une étendue d'eau, immobile dans
son lit; et j'éprouve dans ce cas une émotion analogue, sinon
égale, à l'émotion que j'ai éprouvée ou que j'éprouverais en
présence d'un lac, qui serait réellement devant mes yeux.

Appelons imagination soit la faculté, soit l'acte, qui dans
l'âme éveille ainsi les notions acquises, et qui, remettant ces
notions sous les yeux de l'âme, y réveille par suite les émo-

tions qu'ont fait naître les parties et les aspects correspondants du réel : il est manifeste qu'étant données quelques notions de ce genre, et une âme pourvue d'une imagination énergique, cette âme peut, au moyen de l'imagination, tout en restant éloignée du réel, et comme nous l'avons dit, sans sortir d'elle-même, produire en elle-même, par la seule force de sa volonté, des faits de poésie parfaitement analogues aux faits de poésie que le réel renferme.

Mais, pour voir toute l'étendue de cette opération, il faut remarquer en outre que la poésie n'existe pas exclusivement en faits individuels ; elle existe aussi, constituée en groupes de faits ; de plus, il ne faut pas oublier que la notion de ces deux cas de poésie est implexe et à peu près simultanée.

La nature en effet ne présente nulle part l'unité absolument indivisible, dans les faits qui forment le domaine matériel de l'être. Il y a bien telle science qui se flatte de tenir en sa puissance des corps parfaitement simples. Mais ces êtres indociles et peu amis du grand jour ne sont pas encore entrés dans le domaine de la poésie et des arts. Parmi ce qui est offert, à la pleine lumière du soleil, aux regards passionnés du poëte et de l'artiste, il n'y a rien qui n'offre des parties distinctes entre elles et qu'un groupe réunit. J'aperçois un arbre au milieu des champs. Prenant cet objet dans son ensemble, j'acquiers d'abord la notion d'un être complet en lui-même, et qui est un, si je le compare à tout ce qui n'est pas lui. Mais mon attention ne peut s'arrêter sur lui, sans que mon œil n'y distingue une tige, des rameaux, des feuilles, des fleurs ou des fruits. Je perçois donc, en second lieu, la notion d'un fait composé, d'un rapport, qui résulte d'un groupe. Je m'aperçois enfin que le sentiment du groupe a pour moi la même valeur, ou même une valeur plus grande, quoique analogue, pour ce qui est impression poétique, que le sentiment de l'unité. Je finis ainsi par découvrir que la forme du groupe entre pour

une part qui lui est propre dans l'émotion poétique. J'aime la
feuille qui est d'un vert agréable pour mes yeux ; j'aime les
découpures dont elle est frangée ; j'aime l'attitude qu'elle
prend sur son pédoncule incliné ; mais je n'aime pas moins le
groupe, le bouquet, que forment plusieurs feuilles ; je ne suis
pas moins sensible aux oppositions ou aux analogies, qu'offrent entre eux des groupes de feuilles, placés au point-de-
vue qu'embrassent mes yeux. Je découvre ainsi que dans la
nature même, la forme du groupe est un fait poétique ; il en
produit l'effet essentiel ; il m'émeut. Averti de la sorte que la
poésie réside premièrement dans les faits simples, mais sa-
chant par expérience que la forme du groupe ajoute aux faits
simples un nouveau caractère de poésie, plus agréable et plus
puissant, s'il m'arrive d'éveiller dans ma mémoire des idées
poétiques, je suis porté tout naturellement à grouper ces
idées, et je construis les groupes artificiels, dans le poème,
conformément aux exemples que la nature offre à mes yeux,
dans ses groupes matériels.

XI. Pour donner à cette explication toute l'étendue qu'elle
exige, il faut remarquer encore que la nature forme ses groupes de faits poétiques par apposition ; la nature a l'espace
dans le réel, pour y construire ses œuvres ; elle forme ses
groupes dans sa propre étendue, parce que son étendue est
matérielle. L'âme humaine n'a point, dans son être, une
étendue où un fait puisse se dresser matériellement à côté
d'un autre fait ; elle ne peut pas poser ce qu'elle a produit,
dans un milieu matériel ; ses produits et ses actes, participant de sa nature, ne sauraient avoir une forme matérielle et
sensible. La nature fait une tige, et sur cette tige, elle dresse
une voûte de rameaux, et sur cette voûte de rameaux, elle
étend un dôme de feuilles ; la terre soutient la tige ; l'air s'ouvre pour faire place au feuillage et aux rameaux. Que fait

l'âme pour assembler et grouper ses idées? Elle se sert du moule unique, qui lui est donné pour formuler et constituer ce qu'elle produit; ce moule, c'est l'affirmation. Toutes les combinaisons d'idées qu'elle peut faire, toutes les impressions qu'elle est susceptible de dégager d'elle-même, elle est obligée de les réduire à cette unique et invariable formule : *telle chose est ou n'est pas.* Il arrive ainsi qu'elle ne peut combiner les faits de poésie, sans recourir à la pensée. Que je dise : *une fleur diffère d'une pierre;* je n'exprime qu'une simple pensée; ce qui est un fait de science, ce qui n'est pas susceptible de m'émouvoir; mais je ne saurais former un groupe d'idées poétiques ou de faits poétiques, sans placer les faits de détail dans une affirmation; si je dis : *la tempête brise les arbres,* ou bien, *les flots de la mer se précipitent sur les rochers du rivage,* ce n'est plus un cas de science, mais bien un cas de poésie; c'est même un groupe de faits poétiques; mais ce qu'il importe surtout d'observer, c'est que ce groupe n'a pu se construire qu'au moyen d'une affirmation.

XII. Il est temps de voir si cette analyse, qui serait surabondante pour les arts plastiques, est poussée assez loin pour atteindre la poésie dans la nature, si elle est, en même temps, assez précise et assez compréhensive pour expliquer toute sorte de poèmes et tout ce qui est contenu dans chaque poème en particulier.

J'ouvre les œuvres de Virgile et j'y prends un vers au hasard :

Arma procul currusque virum miratur inanes.

J'analyse ce vers, et j'y trouve 1° une idée d'objet matériel, *arma;* 2° une idée de distance, un rapport de position, *procul;* 3° une idée d'objet matériel, *currus;* 4° un signe de liaison, une chose qui ne sert qu'à former le groupe, sans y ajouter aucune idée de fait réel, *que;* 5° une troisième idée de fait matériel, *virum;* 6° une idée d'action, et c'est là que je surprends le lien du groupe, l'affirmation, la pensée, *miratur;* 7° une idée de forme, *inanes.*

Cet échantillon de poésie se réduit donc à trois idées de faits poétiques, à une idée de position, à une idée de forme, reliées ensemble par une idée d'action, par une affirmation. Hormis cette idée d'action, qui est un fait de l'âme, tout le reste exprime des faits qui sont contenus dans le monde sensible, dans le réel; et cet état de l'âme n'est pas moins que le reste une partie du réel; seulement, au lieu de provenir du monde matériel, il provient du monde moral; ce qui n'empêche en rien que cette combinaison d'idées poétiques ne rentre exactement dans les limites que nous avons tracées, et n'offre, dans sa construction, le procédé que nous avons décrit.

Donnez-nous dix mille vers, au lieu d'un vers, et le résultat de cette analyse sera toujours le même, quels que soient le genre du poème et le sujet.

Si nous ajoutons maintenant que le poète fait des groupes de pensées dans le poème, comme il fait des groupes d'idées dans la pensée, nous aurons tout dit. Il est à peine nécessaire d'ajouter que dans ses degrés supérieurs, comme dans son degré le plus élémentaire, le groupe a toujours, pour forme unique et nécessaire, l'affirmation.

Ainsi, cette affirmation, *Enée, parti de Troie, finit par s'établir en Italie,* me donne le lien de toute l'Enéide. Dans l'ensemble que forme l'Enéide, je vois douze groupes, autant que de chants, dont chacun est lié par une affirmation, qui contient un chant tout entier; *Enée, parti des côtes de Sicile, égaré par une tempête, reçoit une hospitalité bienveillante chez Didon; Enée raconte la prise et la destruction de Troie; Enée raconte ses voyages depuis son départ de Troie; Enée quitte l'Afrique malgré la passion que Didon a conçue pour lui; Enée arrive enfin sur la côte d'Italie;* et ainsi de suite. Si je prends un chant tout seul, le sixième par exemple, j'y trouve le même procédé de construction; et des groupes de détail, taillés dans l'ensemble, y sont constitués, chacun en soi, par une affirmation; *Enée va consulter la sybille ; Enée célèbre les funérailles de Misène ; Enée visite son père aux enfers.* Conformément à la loi que nous avons reconnue, à savoir la multiplicité dans l'unité, descendant jusqu'à la simple pensée, il suit de ces observations que la masse du poème se compose nécessairement d'étages de groupes graduellement plus étendus, et qu'en sens inverse tout groupe est composé de groupes élémentaires, tant qu'on ne descend pas jusqu'à la simple pensée, comme celle que nous avons analysée tout d'abord. Ainsi le groupe de la descente des enfers contient en lui plusieurs groupes bien distincts entre eux, quoique fondus dans leur ensemble, et réunis sous un seul point-de-vue; ces groupes sont, *l'entrée aux enfers, la rencontre de Palinure, celle de Didon, celle de Deiphobe, la description du Tartare, les Champs-Elysées* et *la postérité d'Enée.* Nous pouvons, par ce procédé, saisir et déterminer le lien de toute l'Enéide, fixer la fonction de chacun de ses douze chants, reconnaître les divisions fondamentales de chaque chant, compter les subdivisions dont chacun se compose; et la construction de l'Enéide ainsi mise au grand jour, pour savoir le nombre d'affirmations élémentaires que l'Enéide renferme, pour trouver le chiffre exact des idées poétiques que ce poème offre à notre imagination, soit dans les groupes simples, soit dans les groupes complexes, il ne faudrait qu'un peu de temps et de patience.

Le langage d'ailleurs rentre aussi dans les faits poétiques, dans les faits sensibles, qui appartiennent au réel. Cela ne saurait être l'objet d'un doute. Au surplus nous aurons à déterminer les fonctions du langage, par une analyse spéciale, un peu plus tard.

Avant d'aller plus loin , nous répétons que tout poème est, en dernière analyse, un groupe de faits poétiques. Sans doute les faits poétiques, et nous n'en avons pas encore terminé la revue, se répartissent en plusieurs ordres différents ; et sous ce rapport, si l'art était aussi rigoureusement distribué que la nature, les genres que contient la poésie dans la littérature, ou, pour parler avec plus de rigueur, les espèces de la poésie littéraire , seraient parfaitement distinctes l'une de l'autre ; mais ce que leurs limites ont de vague et d'incertain , ne les affranchit pas de cette loi du groupe, qui est leur forme essentielle et fondamentale ; quelle que soit la catégorie d'où les faits poétiques sont tirés, et nous tâcherons d'énumérer et de décrire toutes les catégories, qu'ils contiennent; quelle que soit la nature des émotions qui ressortent du poème, tous les poèmes sont construits de la même façon ; la satyre la plus amère de Juvénal , l'ode la plus enjouée d'Horace , la comédie la plus bouffonne d'Aristophane, la tragédie la plus pathétique d'Euripide , l'épopée la plus vaste ou la moins étendue , l'œuvre de Musée ou l'une des œuvres d'Homère, tout poème en un mot , qu'il contienne une action , ou qu'il n'en contienne pas, qu'il se divise en strophes, ou en chants , ou en actes, est, relativement à l'art , dans sa forme la plus générale , un groupe de faits poétiques.

XIII. Ainsi, dans notre système, la poésie humaine, ou pour mieux dire, la poésie, dans la littérature, se compose des mêmes éléments que la poésie naturelle et se construit d'après les mêmes lois. Nous avons déjà dit, en parlant de l'Enéide , qu'on ne saurait rien trouver dans ce poème , qui ne rentre soit dans les faits, soit dans les analogies de cette poésie, qui se trouve mêlée au monde et qui s'épanche immédiatement et nécessairement sur nous, pour vivifier notre âme et soutenir le jeu de notre existence.

Mais, nous dira-t-on, en restant dans l'exemple, que vous proposez, les harpies, les hôtes effrayants du Tartare, Cacus, la sœur de Turnus, toutes ces divinités, qui interviennent dans la fable de l'Enéide, sont-ils des faits naturels ? Ceci nous donne lieu de constater que dans la poésie humaine on trouve un nouvel ordre de faits, dont les arts plastiques et les poèmes ont fait un grand usage. L'Enéide en contient quelques-uns, l'Iliade et l'Odyssée, les Argonautiques, et d'autres poèmes bien connus, en fournissent aussi de nombreux exemples. Si nous sortons de la poésie épique, si nous considérons les symboles de la religion, soit dans l'antiquité, soit dans les temps modernes, si nous passons en revue tous les êtres fictifs que l'imagination a conçus, sans nous borner aux formes et aux figures que la plastique ou le discours poétique ont représentées, nous embrassons alors d'une seule vue la totalité de ces faits, et nous pouvons entreprendre d'en donner une explication générale.

Ces faits, disons-nous d'abord, sont, dans une première espèce, en dehors des proportions ordinaires des faits réels, nous ne disons pas des proportions naturelles ; ou, dans une autre espèce, ils sont complexes, et assemblent en eux des faits, qu'une seule espèce naturelle n'offre pas, mais qui se trouvent dans deux ou plusieurs espèces de faits, existant en réalité dans la nature. Ainsi les géants sont bien des faits simples ; l'idée du géant est la même que l'idée de l'homme ; elle ne fait qu'en agrandir les proportions. Le centaure est une idée autrement composée ; elle réunit en effet une partie de la forme humaine et une partie de la forme du cheval ; mais tout de même les éléments du centaure sont fournis par la nature. Ainsi ce qu'on pourrait appeler les êtres fictifs, repose essentiellement sur le réel ; et nous pensons quant à nous que l'imagination ne les aurait jamais conçus, si le réel ne lui en avait fourni les données.

Dans la première classe de ces faits, dans les types à proportions exagérées, l'imagination est-elle créatrice, dans le sens absolu de ce mot? Non, à ce qu'il nous semble, l'imagination, ni dans ce cas, ni dans tout autre, n'est pas créatrice; en tant qu'elle invente ce que les yeux, ou d'autres sens, n'ont jamais vu; l'exagération est dans la nature et résulte essentiellement des variétés de la perspective; une forme fixe en effet, non seulement dans les jeux de la perspective, mais même dans le simple développement des êtres organisés, donne continuellement le spectacle d'un changement de proportions dans ses formes; c'est pourquoi le premier artiste qui a vu un enfant atteindre la taille d'un homme, a pu, guidé par la nature et la réalité, imaginer les pygmées et les géants; ces deux types fictifs ont pu naître assurément de cette analogie.

Il faut reconnaître ici qu'autre chose est l'exagération des formes, autre chose la mutation des formes, le transport des formes d'une espèce de faits à une autre espèce, et enfin le mélange des formes. Un grand arbre me donne l'idée d'une stature colossale; la taille de Briarée n'est pas autre chose que l'association; le transport de cette élévation immense, à la forme humaine; Pégase n'est pas autre chose qu'une partie des formes de l'oiseau jointes à celles du cheval.

Est-il nécessaire d'ajouter que la nature elle-même se plaît à ébaucher ces types fictifs par des rapprochements fortuits de choses de différentes espèces? Qui n'a point vu des caprices de perspective esquisser des combinaisons de ce genre? A qui les jeux de l'ombre et de la lumière n'en ont-ils pas offert mille fois? Ces bizarreries de la perspective ne sont-elles pas l'objet éternel de ces créations fantastiques où l'esprit du peuple se complaît?

Mais pour faire entrer ces espèces de faits poétiques dans notre système, nous n'avons pas besoin d'explications nouvelles, ni de points-de-vue nouveaux. Nous donnons à l'âme la puissance de rapprocher et de combiner les idées, que l'intelligence lui fournit; nous lui concédons par cela même le pouvoir de fondre ensemble deux idées, d'en prendre quelques parties, pour former une idée nouvelle; il est d'expérience que nous pouvons fixer notre attention non seulement sur une idée complète, mais encore sur une, ou deux, ou plusieurs parties de l'idée, c'est-à-dire, sur le groupe et sur ses détails; il s'en suit que nous pouvons mêler, dans une seule et même vue, plusieurs détails de divers groupes; quant aux dimensions du fait, elles n'entrent pas invariablement dans l'idée, par cela seul que la nature ne met jamais des dimensions absolument égales dans les faits de même espèce, et que la variété des mêmes espèces nous montre partout cette inégalité. Quand donc Virgile a formé la figure de Polyphème, il n'a fait que combiner des éléments que la nature lui fournissait. Quand les Grecs imaginaient Cerbère, quand les Indiens modelaient les représentations bizarres de leurs dieux, ils formaient des faits fictifs de poésie avec les données du réel; et s'ils n'avaient pas vu l'ensemble de ces formes dans la nature, c'est toujours de la nature qu'ils en tiraient tous les détails; leurs créations se réduisaient donc à une simple combinaison de formes réelles, à un simple rapprochement d'idées, telles que la nature les fournit; ce qui est le procédé unique et éternel de la pensée en général, et l'une des lois fondamentales de la poésie en particulier.

Nous pouvons ainsi reconnaître trois classes de faits poétiques, les faits qui existent sous des formes sensibles; les faits qui se constituent dans les facultés et dans la vie intérieure de l'homme; les faits que l'imagination ajoute aux faits réels, et qu'elle crée, en formant des unités fictives avec des parties d'êtres réels; ces trois classes de faits peuvent s'appeler faits *physiques,* faits *métaphysiques,* et faits *fictifs.* Nous arrivons maintenant à une quatrième classe de faits, qui tiennent par un côté aux faits métaphysiques, par un autre côté aux faits sensibles ou physiques, parce qu'ils résultent d'une émotion et d'une attitude, dans le détail, et de même d'un ensemble d'émotions et d'une suite d'attitudes, dans le groupe. Qu'on nous permette de les nommer faits *pathétiques*.

A notre point-de-vue, un fait pathétique est une attitude exprimant une émotion. Quand Racine dit :

A peine nous sortions des portes de **Trézène**, etc.,

il insère dans son poème, plusieurs faits, dont le caractère est d'exprimer des émotions et des attitudes, plusieurs faits pathétiques. C'est un fait pathétique que cette affirmation.

Ses gardes affligés
Imitaient son silence autour de lui rangés.

Les deux vers qui suivent,

Il suivait tout pensif le chemin de Mycènes,
Sa main sur les chevaux laissait flotter les rênes,

expriment des faits de même genre. Le caractère de ce genre apparaît avec le plus grand éclat dans ce vers,

Sic effata sinum lacrymis implevit obortis,

et dans ce passage,

Ὣς εἰπὼν, οὗ παιδὸς ὀρέξατο φαίδιμος Ἕκτωρ·
Ἂψ δ' ὁ παῖς πρὸς κόλπον ἐϋζώνοιο τιθήνης
Ἐκλίνθη ἰάχων, πατρὸς φίλου ὄψιν ἀτυχθείς.

L'émotion exprimée par l'attitude existe aux yeux du poète non seulement dans les actes de l'homme, mais aussi dans ceux des animaux ; les exemples de conceptions de ce genre sont innombrables dans la poésie ; nous en trouvons un dans le morceau français, que nous venons de citer.

Ses superbes coursiers, qu'on voyait autrefois
Pleins d'une ardeur si noble obéir à sa voix,

> L'œil morne maintenant et la tête baissée
> Semblaient se conformer à sa triste pensée.

La même citation nous avertit que le poète voit l'émotion exprimée par l'attitude jusque dans les mouvements des choses inanimées :

> Le flot qui l'apporta, recule épouvanté.

Ces trois sortes de faits pathétiques prouvent que cette catégorie de faits offre des subdivisions et des espèces, ce qui a lieu dans toute sorte de faits, quels qu'ils soient. Dans les faits pathétiques, qui sont pris de la vie humaine, l'émotion est vraie et l'attitude est fixée par des lois naturelles ; c'est pourquoi une émotion déterminée produit une attitude déterminée, qui ne saurait ne pas être la même, toutes les fois qu'une émotion de la même espèce éclate au-dehors. Dans les faits pathétiques, pris de la vie des animaux, les mêmes conditions produisent les mêmes apparences. Quand le poète prête des sentiments aux êtres inanimés, il viole la vérité philosophique, il crée une action fictive, comme ailleurs il crée des êtres fictifs ; et cela ne constitue pour l'art ni une faute, ni une règle ; ce qu'il importe de remarquer comme un point de méthode, c'est que cette supposition de sentiments ne peut se faire, qu'autant que l'être inanimé fournit l'attitude analogue et propre à l'émotion, qu'on lui prête ; et ce que Racine a dit d'un flot, il ne pouvait pas le dire d'une pierre. Ainsi l'imagination a d'étroites limites, qui sont fixées par la réalité même ; l'art copie la nature, sans pouvoir s'en passer ; et le réel intervient nécessairement jusque dans les conceptions les plus abstraites du poète et de l'artiste ; c'est le réel qui fournit partout à l'un et à l'autre les éléments et même les procédés fondamentaux de l'art.

Il reste une cinquième espèce de faits à mentionner, et cette nouvelle catégorie complètera l'énumération des faits poétiques ; ce sont les faits, qui n'existent que dans la forme, et dans les signes sensibles dont l'art fait usage, pour mettre ses conceptions à la portée de nos sens. Dans la poésie littéraire, cette espèce comprend le langage et tout ce qui résulte de ses diverses combinaisons.

Que le langage et ses formes matérielles soient des choses de l'ordre matériel, on n'en peut douter. Le langage frappe à la fois deux de nos sens ; et quand ces deux sens sont fermés, l'âme a beau survivre à leur ruine ; elle est obligée de recourir à des signes d'un autre ordre pour exprimer ses conceptions et ses émotions ; elle perd d'ailleurs, dans ce cas, le sentiment de tous les faits extérieurs de même espèce, de tous ceux que les autres sens ne peuvent pas saisir. Les faits d'expression appartiennent donc aussi au réel.

XIV. Bien plus, dans ce cas-ci, comme dans tous les autres, c'est le réel qui fournit l'idée de toutes les formes que l'art donne aux éléments de la poésie et de toutes les combinaisons qu'il en fait. Les formes les plus générales, que le réel affecte, égalés à nos sens et conformes à nos moyens de communiquer avec lui, sont au nombre de cinq, le groupe, l'attitude, la couleur, le son, et le rapport qui se découvre au toucher. Or, si nous ne nous trompons, toutes les formes de l'expression matérielle dans l'art rentrent dans quelqu'une de ces cinq classes. Nous n'avons pas besoin de dire que l'attitude contient le repos et le mouvement. Nous n'avons pas besoin de dire non plus que ces diverses espèces de formes ne sont pas également bien réalisées par tous les arts, que quelques-unes manquent absolument à certains : la poésie, par exemple, traite la couleur moins bien que la peinture ; mais la peinture exprime moins bien le mouvement ; car si elle rend le repos avec une grande puissance, elle n'a pas les mêmes ressources, pour représenter le mouvement ; enfin elle ne peut exprimer les deux parties de l'attitude, que dans des dimensions d'espace extrêmement étroites en comparaison de celles que la poésie peut embrasser; la musique a le groupe et le mouvement, qui est la seconde partie de l'attitude; mais elle est impuissante à s'approprier les formes de la couleur. La poésie, indépendamment de ses rapports avec les autres espèces de faits, ceux de l'ordre moral par exemple, est encore le plus souple et le plus complet de tous les arts, pour imiter et reproduire les formes diverses des objets sensibles. Plus faible que chacun d'eux par rapport à chaque espèce de formes, elle peut cependant produire des effets plus puissants et les surpasser tous, parce qu'elle revêt toutes les formes à la fois.

Mais pour mieux faire voir, au point où nous sommes, que la poésie littéraire reproduit en elle-même tous les aspects des faits naturels, il nous faut expressément déterminer le rôle que le groupe, le son, l'attitude et la couleur, remplissent dans le langage poétique. Pour commencer par l'espèce, dont le rôle est le plus faible, le sens du tact ne fournit à la poésie qu'un très-petit nombre de faits; ces faits en outre se réduisent à des impressions simples, qu'il suffit d'affirmer, qui ont bien des degrés, mais qui n'offrent pas un assemblage de parties assez distinctes et assez sensibles pour que le sens poétique en soit ému séparément; cela fait que le sens du toucher donne bien quelques idées à la poésie; mais il n'enseigne pas, pour ce qui le concerne, une méthode à l'art : quand je dis *mollia vaccinia, maria humida, frigidus anguis*, j'énonce de simples impressions; je n'ai nullement à m'occuper, dans cette espèce, d'analyser la cause de l'impression que le discours indique, ni les détails qu'elle contient, ni l'ordre dans lequel les détails sont construits; ainsi pour ce qui est des idées de tact, l'art les prend et les donne, sans autre méthode que la simple apposition des idées par la pensée.

Il n'en est pas ainsi de la couleur; dans la nature elle-même, les faits de couleur existent chacun en soi, mais de plus ils sont disposés entre eux d'après une méthode; si je considère une plante, un pré, un bois, tout un paysage, je trouve, dans chaque objet, une couleur simple, ou des couleurs combinées, et dans la totalité du groupe qui forme le pré, le bois, le paysage, je distingue des couleurs variées et mêlées dans un ordre, qui me donne l'idée d'une méthode; dans la méthode naturelle, ce qui frappe surtout mes yeux, c'est d'abord le degré du relief, qui comprend tous les effets du clair-obscur et de la lumière; c'est là ce qu'il m'est impossible de ne pas sentir; un peu d'ombre sur certains objets, beaucoup de lumière sur certains autres, c'est ce que je trouve partout, et ce qu'il m'est impossible de séparer des groupes construits par la nature; les couleurs dépendent de ce fait, qui les précède, et sans lequel elles ne seraient pas. En analysant ce fait, j'y trouve, pour forme générale, la variété des teintes, pour formes secondaires, les gradations et les oppositions; ces formes étant partout combinées selon cette méthode, quand j'emprunte ces faits pour les transporter dans l'art, je suis averti de les placer conformément à cette méthode; si je n'exprime qu'un fait de couleur, je n'ai à me préoccuper que de son relief, qu'à le placer dans une vive lumière ou dans une lumière adoucie; si j'assemble plusieurs faits de couleur, je dois, au relief des formes, ajouter la variété et la gradation des teintes, soit à un faible degré, les teintes s'approchant les unes des autres par les nuances les plus voisines, soit au degré le plus élevé, les oppositions les plus heurtées et les contrastes les plus vifs; je n'ai pas à chercher ici la loi des dégradations dans la nature, ni la théorie des nuances successives dans l'art; il est vrai que la théorie peut sembler incomplète tant que la science n'a point trouvé les rap-

ports des dégradations; il est vrai encore que l'art serait
vicieux, s'il n'en reproduisait pas les séries naturelles, soit à
l'aide d'une méthode clairement expliquée, soit au moyen de
ces intuitions cachées que l'artiste excellent garde dans le secret de son génie, avant d'en livrer les effets aux regards de
la science; mais nous n'entreprenons pas ici de poursuivre la
théorie de la poésie et de l'art jusqu'aux dernières limites de
l'analyse; nous l'avons dit plus d'une fois et nous devons le
répéter; sur ce point, comme sur tous les autres, notre am-
bition est, non pas d'écarter tous les voiles dont la nature de
l'art peut s'envelopper, mais de trouver une suite de vues,
qui déterminent en gros le rôle de la poésie par rapport à la
vie humaine, qui tracent, au moyen de quelques jalons, la
voie d'où l'art ne doit point s'écarter, qui par suite précisent
et fixent les droits et les devoirs fondamentaux de l'art et de
la critique. Nous nous bornons donc à dire que, dans la combinaison des faits de couleur, la nature a pour méthode de
produire la variété avec la dégradation des nuances et les
contrastes; et c'est pour cette raison seule, que, dans l'art,
les faits de cette même espèce sont combinés selon cette même
méthode, parce que la nature, ne montrant jamais ces faits
qu'à travers cette méthode, ne permet pas à l'artiste de la
méconnaître, ni de s'en écarter.

Passant aux faits d'attitude, nous remarquons d'abord que
l'attitude comprend deux espèces, le repos et le mouvement :
l'action peut être dans le repos; mais elle est plus particu-
lière au mouvement. Les faits d'attitude, soit au repos, soit
en mouvement, ne forment pas une seule catégorie, ils en
forment plusieurs; c'est d'abord une action humaine, ou une
action d'animal sans raison, ou une attitude d'être inanimé;
c'est un état passif, ou une action; c'est une action au repos,
ou un déplacement à travers l'espace; l'attitude enfin, dans

tous les cas, est susceptible de degrés divers : cela se conçoit
aisément, et il n'est besoin, pour le démontrer, ni d'une analyse
complète du genre, ni de nombreux exemples. Quand on me dit :

Stant terra defixæ hastæ,

on m'offre une attitude au repos ; quand on me dit :

Os homini sublime dedit, cœlumque tueri
Jussit, et erectos ad sidera tollere vultus,

on exprime une action au repos ; on me trace une action à
l'état de mouvement, quand on me dit,

Atque arguta lacus circumvolitavit hirundo.

Ce qu'il importe de remarquer, c'est que l'attitude, comme
la forme que découvre le toucher, est une forme simple, et
que, par suite, l'art n'a qu'à l'indiquer ; elle ne donne point
lieu à une méthode.

Il n'en est pas ainsi du son ; cette forme en effet ne peut pas
arriver à notre oreille sans porter à notre esprit, non seulement les idées de plusieurs degrés et de plusieurs espèces,
mais encore la notion de la variété et des groupes gradués,
de la variété régulièrement combinée ; aussi, comme la peinture, qui traite spécialement les faits de couleur, a pour fondement la variété et la dégradation des teintes, avec le relief
des figures ; de même, la musique, qui s'applique uniquement
à la combinaison des sons, a pour fondement la variété et la
combinaison régulière des sons ; mais les sons contiennent
une forme de plus que les couleurs, c'est le mouvement ; c'est
pourquoi l'harmonie et la mélodie qui naissent des sons, as-
semblés en groupes, ne peuvent pas se passer de rhythme ;
le rhythme est le mouvement des sons ; il se marque par la
succession des groupes ; les groupes sont délimités et définis
par la cadence ; ainsi, pour ce qui concerne les sons, la nature nous donne trois formes à imiter, la variété, les nuances, le rhythme. Le groupe contient les formes de l'attitude

et de la couleur ; il a le repos ou le mouvement, la variété, les oppositions, les nuances ; mais la puissance poétique du groupe éclate surtout dans l'ordre des parties, dans leur symmétrie, ou dans leur proportion.

XV. Avant d'aller plus loin, nous croyons utile de mentionner, en passant, non pas une nouvelle classe de faits poétiques, car nous croyons les avoir épuisées ; mais seulement un certain travail de l'esprit sur les idées de faits sensibles, de ces faits qui entrent, en si forte proportion, dans tous les poèmes. L'intelligence, il faut ici le remarquer, ne peut pas long-temps parcourir le domaine des faits sensibles, sans apercevoir des analogies très-étendues, sans acquérir ce que nous appelons des idées d'espèce, des idées de genre. Au moyen de ces idées, l'intelligence réunit les faits par familles ; elle embrasse chacune de ces familles d'une vue générale ; elle connaît de la sorte et les formes communes du genre et les formes propres aux détails. Jusques-là l'intelligence n'exécute que des opérations que la science peut et doit revendiquer comme siennes. Mais les idées générales une fois acquises, quand elle y rapporte les variétés des formes de détail, l'intelligence fait une découverte, qui fournit une méthode des plus fécondes à l'art poétique.

Ce que nous découvrons en ce cas, c'est que la nature a dédaigné presque partout de réaliser la perfection des formes, dont elle a créé les idées et ébauché les types ; si bien que, dans toutes les formes naturelles, il y a quelque chose d'imparfait. C'est pourquoi comparant les faits d'une même espèce entre eux, nous ne pouvons trouver, dans aucun, toute la perfection, dont, tous ensemble, ils donnent l'idée. Mais cette perfection, que nous trouvons dans l'universalité du genre, et non pas dans les détails, considérés isolément, entre profondément dans notre esprit et notre sensibilité :

sans doute elle ne dépose pas dans l'âme des idees distinctes et bien formelles ; j'ai beau connaître la forêt et tous les arbres, dont les collines et les montagnes se couvrent dans nos climats ; j'ai sans doute reçu l'impression la plus vive à la fois et la plus générale, que cette classe de faits puisse produire sur moi ; mais ce n'est pas à dire pour cela que j'aie acquis l'idée d'un arbre imaginaire, qui soit le plus complet et le plus beau de tous les arbres, qui réunisse, au suprême degré, les qualités de tous les arbres, et qui pourtant n'existe nulle part, élevant en réalité sa cime flottante vers les cieux, et buvant la sève par ses profondes racines au sein de la terre. Cette abstraction, que l'intelligence aurait le pouvoir de créer, que l'imagination revêtirait de formes réelles, est, à ce qu'il nous semble, l'idéal, dans le sens ordinaire de ce mot. Nous avons déjà fait pressentir que le sens de ce mot donnerait lieu, dans notre système, à quelques hésitations, et même à quelques dissidences. Et en effet, nous n'hésitons pas à déclarer que la notion de l'idéal, ainsi conçue, ne peut pas entrer dans notre esprit. Rentrant au dedans de nous-même, nous voyons bien qu'il est en notre pouvoir d'évoquer l'idée d'un arbre, dans la généralité du genre ; mais nous remarquons alors que l'idée dont notre esprit est saisi, n'a, si l'on nous permet de parler ainsi, ni individualité, ni substance, ni formes vraiment sensibles. L'idée, en cet état indéfini, est privée tout-à-fait du caractère poétique ; la forme lui manque, la couleur aussi, le mouvement de même. Si à cette vision, qui me fuit, je veux donner des formes, des couleurs, une attitude, je suis forcé de me rappeler la forme, la couleur, l'attitude d'un fait réel, non pas les attributs généraux d'un genre ou d'une espèce, mais les formes réelles d'un fait de détail. De là je conclus que la science peut bien se représenter de ces vues générales, qui passent sur les détails, pour ne s'arrêter que sur les genres ou les espèces. Mais, poète ou artiste, tant que je n'ai pas sous les yeux des formes réelles, je ne tiens rien ; et, dans la théorie de l'art, je ne puis concevoir en aucune façon que l'idée s'enveloppe de formes réelles, autres que les formes des choses réelles, qui ont passé sous mes yeux, et qui sont essentiellement des détails réels de faits, ou des faits réels complets et entiers. Cela m'oblige à nier absolument cette beauté idéale, que les poètes et les artistes en général passent pour créer, avec les seules forces de l'imagination, et sans les secours de l'expérience. Les poètes n'auraient point réfléchi sur les procédés et les opérations de leur propre génie, s'ils croyaient à ce type idéal de beauté, qui n'aurait son objet et sa source dans aucune partie du réel. Quant aux peintres, nous leurs contestons absolument le droit de nous parler de ces créations mystérieuses, eux qui ne peuvent tracer, sur la toile, un seul trait, qui n'ont jamais su faire ni une tête, ni une jambe, ni une main, sans avoir sous les yeux une figure, une jambe, une main, en belle et bonne chair, un modèle enfin tout matériel, qui dirigeât à la fois leur œil, leur pinceau, et leur pensée.

Est-ce à dire que la connaissance des espèces et des genres, que les idées abstraites ne servent à rien dans les arts? Telle n'est pas notre pensée. A quoi donc servent-elles? C'est d'abord à former, par l'effet d'un grand nombre de comparaisons, cette faculté du goût, qui se manifeste en choisissant et préférant la meilleure forme entre plusieurs formes ; c'est ensuite, à rapprocher et réunir, dans l'étendue d'une seule figure, d'un seul fait, plusieurs formes élémentaires, que dans le réel on a trouvées réparties entre plusieurs faits, entre plusieurs figures ; c'est enfin à poser les manières d'être du fait, son attitude ou ses mouvements, sa couleur, son unité, ses groupes élémentaires, dans l'état et le degré le plus conforme à l'effet général. En attribuant au goût ce que d'autres rapportent à l'idéal, notre intention n'est pas d'engager une vaine dispute de mots; car, avant tout, nous tenons à ne rien dire qui ne soit clair, et non seulement clair, mais utile et fécond dans la pratique des arts. Mais il nous semble, qu'en repoussant cet idéal qui n'offre à l'esprit que des visions chimériques, pour conserver une des premières places dans l'art à cette faculté ou à cette fonction du goût, qui maintient le commerce perpétuel de l'âme avec le réel, avec la grande et éternelle source de la poésie, nous nous assurons le droit de poser une règle, dont nous expliquerons la teneur et l'importance un peu plus tard.

Remarquons toutefois dès ce moment que par l'effet de ce que nous appelons le goût, de ce que d'autres ont bien le droit d'appeler l'idéal, l'imagination conçoit des figures, et crée des faits poétiques, plus parfaits que les figures et les faits, qui sont contenus dans la nature ; plus conformes aux lois, que la nature elle-même nous révèle ; doués par suite, dans une plus large mesure, de cette faculté d'émouvoir, qui est la fonction principale et le plus puissant attrait de l'art. C'est par ce procédé que le peintre fait le tableau, que le sculpteur modèle la statue, où la forme humaine est seule représentée, et dont pourtant nulle figure humaine n'égale la beauté. La musique à son tour ne se borne pas à recueillir les sons, dans toutes leurs variétés et toutes leurs espèces ; mais de plus, conduite par la connaissance et le sentiment de toutes les formes, dont ils sont susceptibles, le degré, le groupe, la variété, le mouvement, elle choisit et combine ces formes avec un goût qui peut s'appeler créateur ; elle fixe le degré, elle constitue le groupe, elle assortit la variété, elle règle enfin le mouvement, dans des proportions, que la nature avait toujours négligé d'atteindre.

XVI. Les arts deviennent ainsi pour l'âme une nouvelle ré-

\élation de sa destinée. Si la nature n'a pas elle-même appliqué toute la rigueur, toute la précision de ses lois, c'est que
Dieu a laissé à l'homme le soin de perfectionner lui-même sa
vie, de la conduire avec choix et méthode, au moyen de son
intelligence, et de l'affranchir du hasard. Et en effet, quand
l'âme a créé, dans l'art, des faits poétiques, conformes à ces
lois si belles; quand elle se livre à la contemplation de ces
faits; devant le tableau, qui lui offre des lignes plus pures
que les lignes des faits naturels; devant la statue, qui lui offre
des contours plus gracieux que toute figure vivante, en écou-
tant la voix du chanteur, qui assemble, divise, gradue, enfle
ou diminue, précipite et ralentit les sons, par des degrés et
selon des méthodes, que la nature révèle, mais qu'elle n'applique pas; livrée à ce ravissant spectacle, l'âme non seulement se sent émue par plus de points à la fois; mais de plus
elle s'aperçoit qu'elle a conquis la libre direction de sa vie.
Au sein de la nature matérielle, comme dans un théâtre où
l'on se plairait à confondre, à tromper le spectateur, à se
jouer de son attente et de ses prévisions, les scènes passent
avec une rapidité capricieuse; les décorations et les figures
changent à tout moment; c'est un pêle-mêle désordonné
d'impressions douces ou violentes, agréables ou fâcheuses.
Mais une fois que l'âme sait d'où lui viennent des émotions
salutaires, et quels objets se plaisent à réveiller en elle le dégoût ou la douleur; quand en outre elle a découvert qu'il est
en son pouvoir d'accroître et d'élever, au moyen de l'art, les
émotions qui ont joué un rôle utile ou charmant dans sa vie,
pourrait-elle s'empêcher de recourir à l'art, pour exercer,
avec choix et méthode, cet intime sentiment de la vie, cette
émotion nourrissante, dont elle possède maintenant la méthode et le secret?

XVII. A présent que les faits poétiques sont reconnus et

classés, autant qu'il importe à l'exposition de nos idées, il nous reste à chercher l'usage et les combinaisons que le poète en fait.

Les sources de la poésie une fois connues, examinons les procédés qui l'attirent et la fixent dans les productions des arts.

Et d'abord qu'est-ce que l'art poétique?

Prenons tout de suite un poème; c'est à l'œuvre à nous révéler sa forme et la méthode qui l'a construite; c'est au poème à nous montrer la nature de l'art poétique, à nous apprendre clairement ce qu'il est.

Une œuvre poétique offre trois parties, hors desquelles il n'y a plus rien; c'est d'abord, ce que je puis nommer la partie intellectuelle, les idées, les pensées; c'est ensuite, ce que je puis appeler la partie matérielle, les sons, les syllabes, les mots, les phrases, l'édifice tout entier de l'expression; c'est enfin l'émotion, les faits de sensibilité, qui demeurent sous chaque point, comme un feu caché, mais qui n'attendent que la présence de l'âme pour jaillir en étincelles pénétrantes et soudaines.

L'art poétique, dans sa propriété la plus générale, est donc l'art de répéter la vie, dans la totalité de ses phénomènes et de ses états, l'idée, le fait sensible, l'émotion.

Le poème est donc une agglomération d'idées, de faits sensibles, et d'émotions, que le poète a formée au moyen des idées qu'il trouve dans son esprit, des formes dont il revêt ses idées, des émotions qui résultent à la fois et de ses idées et de ces faits, par lui recueillis et exprimés.

Puisque l'art poétique est l'art de former ces agglomérations, puisque le poème consiste tout entier dans une agglomération de cette espèce, le procédé fondamental de l'art, c'est la construction de l'agglomération même.

Au moment où le poète commence le poème, a-t-il, devant

les yeux de son intelligence, toutes les idées que le poème aura rassemblées plus tard? A-t-il, sous sa main, tous les mots, toutes les phrases qui seront plus tard le vêtement de ses idées? sent-il enfin, au fond de son âme, les nuances et les degrés successifs de l'émotion, qui doit se répartir sur le poème tout entier?

Le poète d'abord n'aperçoit pas les détails; il ne voit que l'ensemble. Au premier abord, un seul fait se pose devant lui. Ce fait n'a pour lui qu'un aspect ; c'est l'unité. Ainsi Homère commence l'Odyssée. En ce moment là, Homère ne voit qu'une chose, simple, point divisée, point expliquée; c'est *Ulysse retournant dans sa patrie.*

La première opération, dans la composition du poème, c'est donc la conception, l'intuition du fait poétique, dans sa plus grande généralité.

En présence de cette idée générale, le poète n'a pas encore à s'occuper de l'expression; l'art ne touche encore qu'à l'idée générale, et à l'émotion, qui la suit.

Que doit faire le poète pour cette idée générale? Qu'exige enfin le maniement de cette émotion?

Quant à l'idée générale, il faut la soumettre à l'analyse. Car elle ne peut s'étendre, qu'en se subdivisant. Si le poète lui apposait d'autres idées; s'il mettait, par exemple, à côté du fait, *Ulysse retournant dans sa patrie,* cet autre fait, *Jason allant chercher la toison d'or,* cette apposition n'étendrait pas l'idée du poème, qu'Homère entreprend; elle offrirait à l'esprit d'Homère deux sujets au lieu d'un. Le procédé qui doit tirer l'Odyssée de son germe, ce n'est donc pas l'apposition; c'est uniquement la division ou l'analyse.

Pour que l'analyse du fait s'opère, quelles conditions faut-il remplir? Il faut que le fait apparaisse sous une forme bien claire et bien définie. Il faut voir où il commence et où il finit

Le premier point dans la composition du poème étant l'unité de la conception, le second point est donc la clarté de la conception.

Ces deux formes, unité et clarté, épuisent, quant à l'esprit, les formes de la conception première.

C'est maintenant le tour de la sensibilité.

La sensibilité fournit l'émotion. Or l'émotion est susceptible de mesure. Dans l'émotion, qu'excite l'idée première, le poète doit donc chercher la proportion.

Si l'idée première n'excite pas d'émotion, si le poète ne voit et ne sent que son idée, si tandis que la tête agit, le cœur reste froid, une des règles fondamentales de l'art est violée; que le poète n'aille pas plus loin, ou par avance le succès est manqué.

Mais c'est Homère qui travaille au poème; la muse n'est point sourde à ses vœux. Nous avons donc l'émotion avec l'idée; nous avons, avec l'unité et la clarté de l'idée, la juste mesure de l'émotion.

L'idée générale est fixée; et la juste émotion, qui l'accompagne, avertit le poète, qu'il est temps de donner à ce germe ses développements ultérieurs.

Le premier développement, que l'idée générale peut subir, c'est une division, qui soit le résultat d'une analyse. Cette division ne peut être qu'une analyse arbitraire, ou une analyse fondée sur la division naturelle du fait poétique. Arbitraire et faite au hasard, elle violerait essentiellement la nature de l'art, lequel veut être avant tout une méthode. Prenant la vérité pour guide, l'analyse trouve toujours, dans le fait, des divisions, des parties, naturellement tracées; parce que, comme nous l'avons déjà dit, la divisibilité est une condition fondamentale de tout sujet. Le poète peut donc trouver, s'il cherche bien, des divisions naturelles dans le sujet qu'il traite. Donnons à ces divisions le nom de groupes secondaires;

ils sont en effet secondaires, par rapport au groupe total, qui résulte du poème entier.

L'art veut que le poète arrive enfin à constituer les groupes secondaires. Ces divisions du poème doivent être constituées comme l'idée générale; ils faut qu'elles se posent chacune dans une idée nette et bien distincte; séparées de tout le reste, elles doivent former comme un poème séparé; elles ont donc aussi leur idée générale; elles consistent donc aussi chacune dans une affirmation générale, qui doit offrir les deux formes, unité, et clarté. Mais leur qualité de groupes secondaires fait qu'elles ont, au-dessus d'elles, un groupe général, et, à côté d'elles, des groupes secondaires. Or, quand des groupes sont apposés, pour former un groupe général, il faut qu'ils satisfassent à deux conditions, la proportion entre eux, un rapport harmonieux avec l'unité totale.

Ainsi l'idée générale étant dessinée et arrêtée, les divisions générales étant elles-mêmes définies et fixées, ce n'est pas assez qu'elles correspondent à des divisions naturelles du sujet; il importe en outre qu'elles offrent, des unes aux autres, une exacte proportion, sinon une rigoureuse symmétrie.

L'art a plus à faire dans la constitution des groupes secondaires, que dans la définition de l'idée générale. En effet l'idée générale a des limites qu'on ne saurait franchir sans la détruire. Quand on entre dans les divisions du sujet, si le sujet est vaste, comme sont un grand nombre de sujets, le poète peut arriver du premier coup aux divisions les plus élémentaires. Il peut, pour prendre une espèce, dans l'épopée, dresser une série de chapitres, au lieu d'établir d'abord une série de chants, ou bien dessiner d'abord une suite de chants, et tracer ensuite, dans chaque chant, une série de chapitres.

L'analyse du groupe dans la nature nous avertit que des

groupes étagés en autant de degrés qu'il est possible, offrent
une forme plus poétique, plus émouvante, que des groupes
jetés les uns à la suite des autres, et démembrés plutôt qu'ar-
ticulés. Il entre donc dans l'art, que les groupes secondaires,
qui se placent immédiatement au-dessous de l'idée générale,
contiennent à leur tour des groupes élémentaires. De cet arrangement, il résulte une grande simplification du sujet. Si en
effet, dans un sujet vaste, le poète établit tout d'abord une
seule série de groupes, qui ne puissent plus être subdivisés,
quelle difficulté n'aura-t-il pas à donner une juste mesure à chacun de ces groupes, à le proportionner aux autres ? Et enfin, le
rapport de chacun d'eux avec l'ensemble étant d'autant moins
saisissable que le groupe est plus petit, combien le poète
sera exposé à ce que le rapport d'ensemble devienne à peu près
insensible ! Mais il suffit que la construction du poème soit
moins composée, pour que la combinaison des parties soit
moins poétique. Nous voyons que l'épopée est divisée en
chants, qui forment ce premier étage de groupes, dont nous
avons parlé, et que chaque chant contient aussi des divisions.
Entre les divisions du chant et les pensées de détail, pour-
rait-on établir de nouveaux groupes ? Non seulement cela se
peut, mais cela se fait. Ainsi dans le sixième livre de l'Enéide,
la descente d'Enée aux enfers donne lieu à une division de
troisième ordre, avant d'arriver aux simples pensées. L'utilité de cette division graduelle et successive ne doit pas être
mise en doute, et il convient qu'elle soit poussée jusqu'aux
parties les plus élémentaires du sujet. Ce qui n'est pas nécessaire, c'est que ces subdivisions soient marquées pour
les yeux ; il suffit que l'esprit les saisisse.

L'art bien entendu veut donc que l'on trace, si c'est possible, une première série de groupes secondaires, qui soient
eux-mêmes susceptibles d'une subdivision. Nous avons dit
que ce procédé facilite la confection du poème, en ce qu'il

est alors plus facile au poète de tracer des divisions lumineuses et des groupes proportionnés. Cela fait, il peut passer aux détails du premier groupe. Il vaut mieux cependant achever la décomposition de tous les groupes, de sorte que les divisions et les subdivisions du cadre soient tracées, et qu'ainsi le poète saisisse sous un seul point-de-vue le plan et le dessin de l'ensemble; les groupes secondaires servent alors à fixer les proportions des groupes du troisième rang, et le poète a moins de peine à établir l'harmonie de sa composition tout entière.

Telle est la méthode à suivre pour l'ordonnancement du poème. Autant qu'il est possible, l'art exige des groupes composés. Mais tous les sujets n'en sont pas susceptibles. Il y a telle affirmation, qui ne peut être divisée qu'en affirmations simples; cela est vrai, dans l'épigramme, dans l'ode même, dans les genres légers, où il ne s'agit que d'expliquer une pensée de peu d'étendue, que d'exprimer une émotion, qu'un long développement éteindrait. La gradation des groupes devient possible dans un ensemble compliqué et étendu de vues scientifiques, ou d'actions humaines, dans la poésie didactique, dans le poème dramatique, et dans l'épopée. Il faut prendre pour règle à ce sujet, que la gradation des groupes est nécessaire, toutes les fois qu'elle est possible, parce que cette sorte de plan est plus conforme à la nature de l'art, parce qu'elle est plus poétique.

Les lois fondamentales du groupe à tous les degrés des formes naturelles, ce sont donc la clarté, l'unité, la proportion.

Pendant qu'il construit son plan, pendant qu'il dessine les chants ou les actes, les épisodes ou les scènes, est-il besoin que le poète attende que chaque nouvel aspect de son idée ait produit dans son âme une émotion proportionnée? Il va de soi-même, que chaque aspect du fait poétique doit exciter une émotion qui lui soit propre. Mais la juste et véritable mesure de l'émotion ne peut être fixée que par l'effet général de toutes les émotions individuelles, qui résultent de tous les faits poétiques, réunis dans les détails de chaque groupe. Tant donc que le poète en est à délimiter les groupes, il n'a pas à s'occuper de l'émotion qui doit jaillir de chacun. Le moment où l'émotion exige qu'on y applique la règle et la mesure, c'est le moment où l'on se met à remplir les cadres, à construire les affirmations de détail.

Nous arrivons à la construction des détails. Les actes ou les chants sont tracés. Leur place est assignée aux épisodes et aux scènes. Il s'agit de remplir le premier acte ou le premier chant, ou le premier point du sujet, qu'il ait un nom ou qu'il n'en ait pas, qu'il soit un paragraphe ou une strophe.

Pour construire et remplir le premier point, qu'y a-t-il à faire? Subdiviser et analyser. Comme la nature, l'art n'a que ce procédé. Il faut uniquement et toujours tirer l'embryon du germe, les membres de l'embryon, les articulations des membres, lier les articulations par des muscles, développer les muscles par les filaments. Le fait, c'est le germe; il a donné l'affirmation première, qui est comme l'embryon. De l'affirmation première, nous tirons les groupes généraux, qui sont les membres. Dans les groupes généraux, dans les chants, dans les scènes, dans les strophes, nous plaçons les groupes d'idées, qui sont comme les articulations élémentaires. Dans le simple groupe d'idées, nous mettons un lien, qui attache celles-ci et les relie à ce qui est contigu. Autour de ce lien, qui est le centre de l'affirmation, qui en est le nœud, nous plaçons les faits poétiques élémentaires, les simples idées.

Pour suivre jusqu'au bout cette comparaison, dont nous prions qu'on nous pardonne la bizarrerie, si elle donne plus de clarté et plus de relief à nos idées; où est le sang, qui circule dans le corps entier, qui s'infiltre dans les plus minces conduits des membres, qui fait circuler au-dedans la sève de la vie, qui nourrit la chair, qui fleurit au-dehors sous les apparences aimables de la force et de la beauté?

Ce qui se répand de l'idée première dans les idées secondaires, ce qui pénètre le tissu entier des idées, ce qui porte la vie dans toutes les parties du poème, ce qui fait éclore, sur ses formes sensibles, la grâce et la beauté, c'est cette sève que le poète a tout d'abord senti sourdre des profondeurs de son âme, qu'il verse à flots mesurés sur les idées, à mesure qu'il les construit; c'est cette chaude émotion, cette émotion vivifiante, ce sang de l'âme, que la rencontre du fait poétique, que l'aiguillon de l'idée, a fait jaillir.

Mais à la sève, il faut des canaux. A l'émotion, il faut un cadre. Ce cadre, c'est l'affirmation, la proposition. Le caractère des propositions avec lesquelles on construit le menu corps du poème, c'est qu'elles ne sont pas susceptibles de nouvelles divisions; c'est là leur caractère fondamental. Mais elles se déduisent de propositions, placées au-dessus d'elles. C'est donc au poète à formuler avec précision et netteté l'étendue des groupes élémentaires. Cela fait, il en prend le commencement, il en parcourt les points successifs, il en atteint la fin; mais en ce faisant, il doit satisfaire à plusieurs lois; d'abord c'est la clarté, la précision, le relief de chaque affirmation; ensuite la mise en série, l'ordre des affirmations, chacune à sa place; enfin la proportion de chacune avec celles qu'elle suit et précède, et avec le corps qu'elles forment par leur réunion. Quant à la clarté, la méthode est très-exigeante, et les horizons de l'intelligence ne lui paraissent jamais trop éclairés. Quant à l'ordre, l'esprit veut aller tout droit; il n'aime pas que sa marche soit troublée par des solutions de continuité, par des retours et des replis dans la route; la méthode prescrit donc l'ordre le plus rigoureux, l'enchaînement le plus régulier. Quant à la proportion, il

faut choisir entre la variété des dimensions et l'exacte symmétrie. C'est une belle forme que l'exacte symmétrie; c'est
celle où l'art fait éclater sa puissance au plus haut degré, parce
qu'en la créant, il semble surpasser la nature. Mais l'exacte
symétrie n'a point les avantages de la variété. Celle-ci en
effet, par cela même qu'elle n'a point de formes arrêtées et
exclusives, réalise des combinaisons plus nombreuses. Celle-
là offre aux sens des formes d'art plus parfaites; mais comme
elle coûte plus à construire, de même elle est plus fatigante
à sentir, et à la longue elle produit une sorte de lassitude.
Aussi la perfection de l'art est de n'admettre les formes symmétriques pures, que là où elles ne peuvent pas être tempé-
rées.Que la symmétrie préside donc à l'arrangement des mots;
mais que la variété brille dans les idées; que dans les idées,
la variété mêle habilement toutes les formes, tous les aspects,
que la nature fournit à l'imagination du poète. Plusieurs classes d'idées s'offrent à elle; qu'elle y puise tour à tour; que les
fraîches impressions de la nature extérieure viennent adoucir
l'aridité des abstractions; au milieu de la nature immobile,
que l'être ardent se dresse et agisse; que l'âme voie passer,
dans un ordre savamment combiné, avec un mouvement,
tantôt grave, tantôt rapide, les attitudes diverses, les couleurs,
les sons, la riche variété des apparences du réel! Ainsi le
veut l'art appliqué à la construction des détails; c'est ce qu'il
faut pour les suprêmes succès de l'art, si le poète y aspire.

Ainsi donc pour diviser le sujet, une exacte analyse du
sujet même. Le sujet ne se développe, qu'en se subdivisant.
L'analyse trace les grandes subdivisions, les parties supé-
rieures. Quant à ces affirmations de détail, dont la série commence, poursuit, et achève le poème, c'est encore l'analyse
qui les fournit. La substance des détails se forme par l'apposition des idées, de ces idées qui contiennent les faits poétiques. Au choix des faits poétiques, à leur combinaison, pré-

sident l'ordre et la proportion, ainsi qu'une symmétrie, que
tempère une sage variété. Après l'invention et l'ordonnancement des idées, qui sont plus spécialement la part de l'esprit,
l'art doit passer aux formes du langage, qui sont jusqu'à un
certain point la part des sens. Mais dans cette autre partie
de son œuvre, il va retrouver les mêmes lois, fondées sur
les mêmes analogies.

Nous séparons l'invention de l'expression, bien qu'en fait
celle-ci s'ajoute à peu près simultanément à celle-là, attendu
que dans le détail une pensée est à peine achevée, tant qu'elle
n'est pas exprimée. Mais on peut concevoir que le poème,
quand il est terminé, se divise en deux parties, qu'il est permis de distinguer l'une de l'autre, les éléments psychologiques,
les idées, les pensées, les émotions, d'une part, et d'autre
part, les éléments matériels, c'est-à-dire, le langage, ou le style.
On peut même, jusqu'à un certain point, apercevoir un in-
tervalle entre le moment où l'idée apparaît, et celui où le
mot, qu'on adopte, s'attache à elle, et de la sorte le style
paraît venir à la suite des pensées et marcher à part. Au surplus nous ne tenons à ces distinctions que pour ce qu'elles
ont de commode dans cette analyse.

L'expression, disons-nous, le discours, dans la poésie
proprement dite, fournit aux idées ce vêtement, ces formes sensibles, qui rendent possible la circulation et la
transmission des idées à travers le monde des sens. Le langage contient des faits sensibles, appréciables pour les oreilles et pour les yeux. Le signe écrit s'adresse aux yeux; le
son s'adresse à l'oreille. La nature même des signes du langage fait que les éléments du discours sont susceptibles de
prendre toutes les formes, que saisissent les oreilles ou les
yeux. La première forme est celle du groupe, avec toutes ses
combinaisons. Au groupe, ou du moins au rapport des groupes entre eux, se rattache le mouvement; de telle sorte que

la seconde de ces formes paraît naître de la première. Au
groupe et au mouvement il faut joindre le son, qui n'est pas
indépendant de ces deux formes, bien qu'il s'adresse à un
organe différent. Le style atteint encore à l'expression de la
couleur et des rapports du toucher; mais ce n'est plus de la
même manière. En offrant à l'esprit des idées de couleur et
de toucher, il semble se colorer lui-même, et prendre les apparences qu'il dépeint; mais ce n'est là qu'une illusion de
l'esprit, qui prend le signe pour la chose signifiée, qui voit
dans le signe les formes de la chose signifiée, bien que le mot
et le fait extérieur qu'il dépeint, soient fort différents. Ainsi,
quand on me dit, *suave rubens hyacinthus,* la couleur doucement pourprée de la fleur dont il s'agit se représente bien à
mon imagination; et de plus, la vue dont mon imagination
est saisie, semble se répéter jusque dans mes yeux. Il est manifeste toutefois que les trois mots que je viens de transcrire,
n'ont matériellement aucune couleur. Il n'en est pas ainsi des
formes de groupe, de son, et de mouvement. Ce sont-là véritablement des formes matérielles, contenues dans le langage
lui-même. Si je considère un seul vers, j'aperçois, je vois
réellement, de mes yeux, une suite de syllabes régulièrement
groupées; si j'observe la structure d'une strophe, je vois un
groupe, composé d'autant de groupes secondaires qu'il y a
de vers, d'autant de groupes élémentaires qu'il y a de pieds
ou de syllabes. Ces syllabes, ces pieds, ces vers, abstraction
faite des idées, si l'on veut donner à ces faits un aspect plus
simple, sont bien réellement des faits à formes sensibles, et
cette qualité ne dépend nullement pour eux de leur significa-
tion. Le son existe pour l'oreille, comme la simple lettre, la
syllabe, le pied, le vers, existent pour les yeux; il est en soi
un fait matériel, semblable aux autres faits matériels, que
j'observe dans la nature. Le mouvement à son tour n'a pas
une réalité moins substantielle, s'il est permis de parler ainsi,

puisque la succession des sons est inséparable d'une sensation
de mouvement. Ainsi ces trois formes du fait sensible dans le
langage tirent bien manifestement leurs lois de ces lois matérielles que les faits analogues suivent dans la nature.

Il est à remarquer toutefois que la théorie peut tracer dans
leurs combinaisons des procédés d'analyse. Mais la pratique
n'y semble apporter que des faits de synthèse. En effet le langage se construit uniformément en passant du simple au composé.

Quand le poète n'est occupé que du soin d'exprimer des
idées, il va tout de suite aux mots. Mais quand il compose des
vers, quand il s'efforce de mettre de la symmétrie dans ses
groupes, il commence ses combinaisons par la simple syllabe.
Car il faut se fonder sur la nature des syllabes, alors même
que l'on forme le vers avec des pieds. Bien plus, si la symmétrie n'a pas besoin d'aller plus loin que la syllabe, la variété des sons exige que la syllabe soit décomposée et que
l'oreille apprécie les éléments de la syllabe, les simples sons,
les voyelles, les consonnes, les voyelles et les consonnes à
sonorité aiguë, ou à sonorité grave, les sons doux, les sons
durs, toutes les espèces, en un mot, des faits indivisibles, qui
concourent à la formation du discours. Sous le rapport de la
symmétrie, l'art ne prescrit que l'exacte parité des groupes.
Mais sous le rapport de la variété, il exige des nuances, des
contrastes, des consonnances et des dissonnances, régulièrement combinées; la variété ne veut s'arrêter que là où la
souplesse et la flexibilité du langage fait défaut à l'art. La
combinaison variée et régulière des sons fait naître l'harmonie, qui est à la fois l'effet de l'apposition et de la succession
des sons. Un son, pris isolément, constitue le fait le plus
simple dans son espèce. Vient après le rapport de deux sons.
Le fait se complique, et la combinaison s'accroît, par les rapports réunis de plusieurs sons. Mais pour que deux groupes

de sons offrent un rapport de nuance ou de contraste, il faut qu'ils soient séparés par une cadence et liés par un rhythme. La cadence et le rhythme sont les formes générales du mouvement des sons. Ces deux formes générales admettent à leur tour la variété, parce que sans elle ils échapperaient à la proportion et à l'harmonie. Ces formes diverses, variété, symmétrie, proportion, mouvement, constituent des formes essentielles dans l'art, et font que la construction du style est plus ou moins parfaite, plus ou moins poétique, c'est-à-dire plus ou moins émouvante.

Ainsi le poème commence par l'invention et la construction des idées; il s'achève par le choix et la combinaison des mots. Mais dans les mots, comme dans les idées, l'art doit avoir pour règle d'imiter, en les perfectionnant, les formes sensibles des faits réels. Ainsi l'art poétique est en tout fondé sur la nature et sur ces procédés matériels et manifestes que la surface des choses, pour ainsi dire, étale elle-même à tous les yeux.

Si nous avions à faire une analyse complète des formes du style, nous aurions, pour remplir ce qui pourrait sembler une lacune, à parler encore des tours. Si nous ne nous trompons, les tours ne sont pas autre chose, que ce qu'on nomme figures. Parmi les figures, les unes ont pour caractère de modifier les dimensions de la phrase; ce sont les figures de mots. Les autres ont pour but d'exprimer fortement les attitudes et les mouvements de l'âme, de produire comme un contre-coup matériel de ses émotions; ce sont en général les figures de pensée. Les autres enfin cherchent à donner plus de relief à l'idée, à rendre l'expression plus saisissante, plus colorée, plus sensible; ce sont les tropes. On pourrait trouver parmi ces formes, quelques aspects généraux qui embrassent à la fois un ensemble de mots et d'idées, de telle sorte qu'il faudrait y voir plutôt de nouveaux genres de poèmes, que de

nouvelles formes de discours; telle est, par exemple, l'allégorie. Mais nous n'avons ni à réformer le classement des figures, ni à régler séparément l'emploi de chacune dans le style.
Nous aurons assez fait pour la méthode générale, quand nous
aurons dit que les tours en général procèdent de la spontanéité
bien plus que de la méthode. Il n'y a nullement à leur appli-
quer les lois que la nature suit dans la combinaison des faits
sensibles. Résultant à peu près uniquement des mouvements
plus ou moins rapides de la pensée, de l'éclat plus ou moins
vif de l'imagination, des émotions impétueuses ou contenues,
de l'essor plus altier ou plus humble de la sensibilité, les
tours, qui représentent, dans le style, ces phénomènes de
l'âme, essentiellement divers et passagers, se produisent et
se reflètent dans le style, comme l'expression naît et se co-
lore sur le visage, par la seule force de l'impression que l'âme
subit. Dans cet ordre de formes, l'art ne servirait qu'à produire l'affectation; il ne pourrait aboutir qu'à faire grimacer
le style, comme l'affectation ne sert qu'à faire grimacer le
visage. L'art sur ce point en est donc réduit à prescrire uniquement la force, la vérité de l'émotion.

XVIII. Nous nous sommes efforcé d'expliquer les procédés
fondamentaux de l'art poétique. Il ne s'agissait pour nous que
de les relier à un système tout pratique, qui tend à présenter la
poésie et l'art poétique, comme des choses aisées à concevoir,
susceptibles d'une méthode et d'une explication aussi simple
que positive; un système enfin, qui ne trouble pas l'esprit,
curieux de la vérité; qui ne rebute pas l'artiste, en obscur-
cissant, au lieu de les éclairer, les sources et les conditions
du talent; qui enfin détermine nettement le rôle de la critique. L'art poétique une fois esquissé, dans ses rapports avec
le système, que nous offrons, et le système lui-même étant
suffisamment exposé, nous trouvons, pour ainsi dire, sous

nos pas et devant nous, certaines questions, qui passent peut-être généralement pour des questions de principes, mais où nous ne voyons que des points à résoudre par voie de déduction. Quelle que soit notre opinion sur leur importance ou leur place dans l'art, pour échapper au reproche de les avoir évitées ou omises, nous en dirons un mot, avant de produire le complément de nos propres vues et certaines conséquences que nous voulons en tirer.

Pour jeter un coup-d'œil sur ces questions accessoires, nous trouvons, avant de quitter les divisions et les formes générales du poème, ces autres divisions et ces autres formes, qui ont donné lieu à des dissentiments nombreux et quelquefois à d'ardentes controverses, les divisions et les formes du poème dramatique. L'épopée a été aussi le sujet de plus d'une discorde dans la critique; car si l'on s'est entendu sur la forme générale de ce poème, on a disputé quelquefois pour savoir si certaines espèces d'idées en font essentiellement partie, ou s'il est permis de les en bannir. Une autre question, qui s'offrirait à la suite des précédentes, c'est de savoir si la versification est une forme nécessaire tant au drame qu'à l'épopée. Mais il entre dans notre dessein de la traiter séparément un peu plus tard. Revenant aux autres sujets de recherche, que nous venons de mentionner, nous remarquons d'abord que cet ordre d'idées doit nous conduire à nous expliquer sur quelques problèmes, fort débattus, toutes les fois que l'occasion s'en est offerte, mais qui sont restés indécis; ils se rapportent à ce qu'on peut nommer la tradition dans l'art; on ne peut parler de la tradition, sans toucher à l'imitation et à l'originalité. Nous n'éviterons pas, dans cette nouvelle série de recherches, une autre question, dont la solution résulte implicitement des idées que nous avons déjà émises; c'est de savoir jusqu'à quel point la poésie a des rapports nécessaires avec l'histoire politique.

Les formes du poème dramatique ne sont point les mêmes dans toutes les littératures. Est-ce un mal? Est-ce un bien? Est-ce un droit? Il nous semble que juger un poème, ou établir les lois de l'art, d'après tel ou tel poème, c'est placer les fondements de la critique, où ils ne doivent pas être, et chercher ceux de la méthode où ils ne sont pas. Dans les arts, comme dans la nature, c'est dans le sujet, c'est dans le fait poétique seul, qu'il faut puiser le dessin et la raison de ses divisions et de ses formes. Pour sujet d'une tragédie, vous choisissez Œdipe reconnaissant l'affreux attentat qu'il commit jadis à son insu. Vous bornerez-vous à écrire l'Œdipe Roi? Mais alors, vous séparerez du fait, des antécédents, des commencements, qui paraissent nécessaires, pour en faire sentir toute la solennité, toute l'importance. Mais, si vous reprenez cette histoire, dès la jeunesse du personnage principal, si vous composez une partie de votre poème sur la défaite du sphynx, si vous profitez de cette partie du sujet, pour exposer toute l'histoire d'Œdipe, si vous insinuez dès le commencement à l'oreille du spectateur, le terrible secret, qui doit éclaircir ce mystère affreux, vous aurez jeté un jour bien plus vif sur cette partie du fait, que l'Œdipe-Roi doit nous montrer. Il ne s'agit pas de savoir si vous avez à construire une trilogie, ou si vous renfermerez le fait tout entier dans une tragédie en cinq actes. Ce qui importe uniquement, c'est que vous embrassiez le fait entier. Si cette condition est remplie, j'aurai à examiner ensuite, si les diverses parties de votre pièce correspondent exactement aux divisions naturelles du sujet, si ces divisions se succèdent avec la proportion, le mouvement, et la régularité nécessaires. Si je n'aperçois dans votre plan, ni trouble, ni groupes disproportionnés, ni, dans la succession des scènes, des excès de rapidité ou de lenteur, je n'aurai aucun reproche à vous faire. En faisant autrement qu'un autre, vous avez usé de votre droit.

Toutefois, au cas où votre œuvre serait destinée à des spectateurs, qui sont accoutumés à d'autres divisions, à une autre sorte de plan, je ne sais si, en changeant l'usage, vous ne commettez pas un excès de hardiesse. Vous risquez en effet votre succès. Ceux qui n'entrent pas dans les théories trop subtiles, qui se contentent de jouir de ce que l'art a fait, sans se soucier du comment ou du pourquoi, ceux-là ne sont point d'humeur à changer de système à votre gré. Leur système à eux se réduit à connaître la coutume. Suivez donc les précédents, ou craignez qu'ils ne prennent une tentative originale pour une marque d'ignorance, et qu'ils ne condamnent ce que du reste ils devraient louer. Que si vous ne changez que des formes adoptées par une littérature étrangère, ou des formes oubliées par l'effet du temps et de l'éloignement, alors votre droit est le même, et le péril est beaucoup moindre. Dans tous les cas, pourvu que les divisions soient vraies, et le système complet, les groupes élémentaires bien définis, bien enchaînés, l'œuvre conforme aux lois d'une unité harmonieuse, les conditions essentielles de l'art sont remplies; moyennant quoi, le poète peut faire ce qu'il lui plaît.

Ainsi l'imitation, quant aux divisions générales, n'est point nécessaire ; la tradition conseille plutôt qu'elle ne commande de se conformer aux usages que l'on trouve établis. Quant au tissu du poème, quant aux idées, que l'épopée construit dans son vaste système, quant aux situations, que le poème dramatique produit sur la scène, quant aux détails, avec lesquels il les développe et les remplit; là où les sujets offrent une manifeste analogie, quel crime pourrait-il y avoir à profiter d'exemples heureux, de précédents qui ont réussi? Si vous me donnez un artiste médiocre, qui dessine vaguement son sujet, qui n'ait pas la main heureuse dans le choix et la combinaison de son style, dont l'imagination soit faible et la sensibilité peu propre à faire jaillir l'étincelle qui échauffe

et enflamme mon cœur, je m'applaudis qu'il sache se sauver
de sa propre impuissance ; je dois lui savoir gré d'épargner
un échec à l'art. Si vous me donnez un poète excellent, une
imagination qui suffise à tout colorer, une âme exquise, un
style puissant à réaliser toutes les exigences de l'art, alors
j'aimerai mieux qu'il se renferme dans son génie ; que, dans
une noble confiance en lui-même, il trouve des élans plus sûrs
et plus hardis ; que pour mieux me révéler toutes les ressources de son talent, il se défende soigneusement de toute influence étrangère, qu'il se garde de toute manière empruntée.
Toutefois, s'il lui plaît de suivre les traces brillantes d'un
talent consacré par la gloire, sans se méconnaître lui-même
et se diminuer, je n'oserai point, pour un tel motif, lui re-
fuser mes hommages. Il semble en effet que dans des sujets
véritablement analogues, l'imitation échappe au moins au
reproche de témérité. Quand l'imitation est faite sans discer-
nement, ce n'est plus un choix légitime, un droit sagement
exercé, c'est de l'impuissance, et l'imitateur alors devient
plagiaire.

De ce que de belles épopées ont admis, pour l'action, certains ressorts, et dans le tissu de l'œuvre, certaines idées,
s'en suit-il que toute épopée nouvelle doive faire de même ?
Homère admet le merveilleux. Voltaire était-il obligé d'en
faire usage ? Cela dépend du sujet. Mais un sujet de même espèce, peut être différent en quelques points, selon les temps
et les lieux. L'épopée est l'exposition d'une vaste action humaine, une exposition sous forme de récit. Sous quels aspects
nécessaires, les actions humaines s'offraient-elles à Homère ?
Si, pour Homère, un fait de cette espèce était nécessairement
accompagné d'une intervention divine, si les hommes qu'il
mettait dans ses tableaux, si le peuple qui devait se nourrir
de ses images, ne séparait point une action humaine d'une
impulsion divine, Homère a dû employer le merveilleux. La

question n'est pas de savoir si cet élément ajoute à la grandeur
du spectacle, s'il ouvre des sources plus vives à l'inspiration,
s'il élève les vues du génie; ce ne sont point là des causes; ce
ne sont que des effets. L'important est de savoir si aux yeux
d'Homère et de ses contemporains, le fait humain contenait
cet élément, si les dieux apparaissaient mêlés aux rapports
des hommes entre eux; dans ce cas, le merveilleux rentrait
dans la vérité, dans la nature poétique du fait humain; et le
poète, qui eût omis cet élément, aurait péché contre la vérité des idées. Voltaire avait-il les mêmes raisons d'user du
même procédé? Pour lui-même et pour ceux qui devaient lire
son poème, les mêmes rapports existaient-ils entre les faits
humains et les faits de l'ordre surnaturel? Il est difficile de le
décider. Mais si les mêmes idées ne régnaient pas de son
temps, si les hommes ne paraissaient plus vivre dans un
commerce aussi familier avec les dieux, si l'on avait du règne
de Dieu des notions plus pures, si des rêves grossiers avaient
fait place enfin à des dogmes sublimes, au lieu de faits poétiques, Voltaire a mis, dans son poème, de froides suppositions,
et nécessairement il en a porté la peine; car il a dû s'en suivre
une inspiration peu féconde, par cela même qu'elle n'était
pas sincère; le poète a dû trouver l'ombre de la poésie, un
vain simulacre de poésie, mais non pas la substance et le
corps de faits poétiques bien constitués; aux endroits où il a
violé de la sorte une règle fondamentale de l'art, il n'a dû
faire qu'une œuvre médiocre. C'est là, au surplus, ce que tout
homme de goût peut décider. Quant à nous, qui faisons en ce
moment œuvre non pas de critique, mais de méthode seulement, nous subordonnons l'usage du merveilleux à la nature
et à la vérité, apparente ou réelle, de l'idée poétique.

La question du merveilleux nous conduit à chercher si,
dans l'histoire, certaines époques sont plus poétiques que
certaines autres. Nous employons cette expression à regret.

Car de dire qu'une époque est poétique, cela n'a pas de sens.
Une époque peut bien exécuter de plus grandes entreprises,
faire des guerres plus longues et plus sanglantes, offrir plus
d'énergie, plus de passions. Mais l'homme combattant, ou
croyant, ou souffrant, toutes les situations, tous les états de
la vie humaine, qui offrent une passion ou une action générale, une action ou une passion sociale, si l'on peut ainsi
parler, se réduisent à peu de chose pour la poésie. Analysez
la vie humaine, et vous la ramènerez, dans tous les cas, à
ces deux résultats, l'émotion et l'idée. Mais l'émotion et l'idée,
pour se plier aux bonnes conditions de l'art, exigent avant
tout, une grande variété, une sorte de plénitude. Ne séparez
donc jamais la vie humaine de la nature extérieure et de sa
large influence; ne bornez pas la vie de l'âme à un petit nombre d'émotions, encore moins à une émotion unique et permanente; ne laissez pas l'intelligence languir à demi étouffée
dans les étreintes d'une seule idée, si vous voulez que l'art
s'épanouisse, étale ses vastes rameaux, et se couronne à la
fois de feuilles et de fleurs, tout fier de sa fécondité luxuriante.
Dites-moi qu'à certaines époques, une idée, entre toutes les
idées, a régné sur les esprits; qu'une passion, entre toutes
les passions, a surtout transporté les âmes; qu'une action,
entre toutes les actions, a été fréquente, énergique, universelle. L'histoire atteste qu'en cela vous avez raison. Mais de
dire que la poésie est attachée plus spécialement au règne
d'une seule idée ou même d'un seul système d'idées, à l'universalité d'une seule passion, à la coutume universelle d'être
moine ou soldat, c'est ne rien entendre à la nature de l'art,
c'est prendre un rêve sentimental pour une intelligente et
rigoureuse explication; c'est oublier que la barbarie est l'état
uniforme des intelligences étroites, des âmes amoindries et
exaltées, qui sont appelées à la vie, en des temps pareils.
Qu'on rectifie ces jugements, et qu'on dise que certaines

époques sont plus particulièrement des époques ou de sain-
teté, ou de guerre, nous en induirons qu'en ces temps-là,
les hommes priaient à l'église avec ferveur, ou se compor-
taient bravement dans la bataille ; le poète, qui cherchera des
inspirations dans l'histoire de ces temps-là, aura par suite
deux idées de fait humain, fort propres à se placer dans un
groupe poétique. Mais de deux espèces d'idées à toutes les
espèces d'idées qu'un poème doit contenir ; de deux aspects
de la vie humaine à la totalité des aspects que la vie humaine
peut offrir et au nombre infiniment plus grand des faits
contenus dans le monde sensible, la distance échappe vraiment à toute mesure. Que l'histoire, ou tout autre genre de
littérature prenne donc pour elle cette expression d'*époque
poétique*. Quant à la méthode de la poésie, elle ne saurait en
faire usage ; elle ne peut pas même l'expliquer.

L'originalité peut donner lieu à quelques observations plus
positives à la fois et plus utiles. Du reste, comme ces questions, qui l'amènent à leur suite, l'originalité a des rapports
intimes avec l'histoire de la poésie. On y a pensé, toutes les
fois que l'art est tombé dans les redites et la monotonie. Il
est en effet à remarquer qu'à certaines époques, l'art poétique tombe dans un état de faiblesse dont on s'alarme avec
raison. Cette faiblesse tient à cette sorte d'imitation qui consiste à tout emprunter sans mesure et sans règle. La culture de la poésie est, pour certaines âmes, comme un goût
contagieux. Qu'un homme de talent ait exécuté de belles
œuvres ; que la popularité se soit attachée aux idées qu'il
a assemblées et traduites dans ses écrits, aux tons de sensibilité qu'il a su tirer de son âme, aux formes d'expression qu'il a rajeunies ou créées ; aussitôt il s'élève der-
rière lui une suite toujours affaiblie d'échos, qui répètent
les mêmes choses, dans les mêmes formes, et sur les mêmes
tons, jusqu'à ce que ces idées, si vives d'abord, ces sen-

timents si pénétrants et si agréables, ce langage si sédui-
sant et si goûté, ne soient plus que des idées ternes, des sentiments usés, un style trivial et fade. L'imitation en ce
genre est, il faut l'avouer, un fléau auquel il serait bon
d'opposer des barrières. Mais c'est un fléau trop vivace, et
nul ne peut prétendre à l'arrêter. Les triomphes du poète
sont si flatteurs ! il est si doux de se placer parmi les artistes que le peuple admire ! l'émulation, qui enflamme
tant de talents incomplets, trouve donc son excuse dans
cette même ardeur, qui fait leur crime. Au lieu de la frapper
de rigueurs inutiles, et de lui signifier des lois, qu'elle ne
suivrait pas, essayons d'élever et de rectifier ses vues ; pous-
sons-la, s'il se peut, dans une direction qui la conduise
à de véritables, à d'honorables succès. Disons à qui se voue
au métier de poète, sans avoir cette sûreté d'instinct qui
préserve de tout écueil; proclamons tout haut, que tout
homme possède en soi une veine de sensibilité qui lui est
propre. Il peut tirer de là les éléments d'un succès, dont
il aura tout le mérite; mais de là seulement. Le propre des
idées, c'est d'appartenir à tout le monde. Le propre des
faits, des aspects, des formes, que la poésie trouve dans
la nature, c'est de ne fuir l'œil de personne. On a beau les
chercher au loin, et prendre les éléments du poème dans
la Chine ou dans l'Inde, au lieu de s'en tenir à la nature,
telle qu'elle est en Europe, en France, et tout près du coin
de terre où l'on vit. Il peut bien résulter de là une certaine
nouveauté. Mais cela ne suffit pas pour constituer une poésie
originale, parce qu'il en faut toujours revenir à la façon dont
ces éléments sont mis en œuvre, dont ils sont conçus, et
surtout sentis. On peut étonner sans plaire. On surprend l'i-
magination, mais on ne charme pas le cœur. La source de
l'originalité est donc dans l'émotion personnelle. Cela seul
peut enfanter une originalité, vraie, naturelle, spontanée,

la seule qui soit la bonne. L'originalité ainsi comprise, personne ne doit la négliger, ni les grands poètes, ni les petits. Les idées les plus communes sont généralement les meilleures. Pour bien dire, il faut dire à la façon de tous ceux qui parlent bien, savoir sa langue, en avoir observé les effets dans les styles les plus savants et les plus parfaits, dans les écrits des maîtres. Cela fait, il reste à s'affranchir de toute velléité d'imitation servile, de copie, ou, pour mieux dire, de plagiat. La langue est au poète ce que le marbre est au sculpteur ; il faut le prendre dans la carrière et non pas dans l'atelier de son voisin ; l'idée est comme le modèle qu'il s'agit de reproduire ; qu'elle soit inventée ou empruntée, une fois qu'elle est sous les yeux de l'artiste, il doit se l'approprier par l'inspiration ; or, c'est dans la sensibilité que l'inspiration s'allume. Que le poète cherche donc avant tout à féconder sa propre sensibilité. A cette condition, il n'est pas de talent si faible, qu'il ne puisse produire quelque œuvre originale. A ce prix enfin, les applaudissements obtenus par le poète, seront d'autant plus doux, qu'ils ne s'adresseront qu'à lui.

Mais, comme nous l'avons déjà dit, ce ne sont là que des questions accessoires et secondaires ; aucune d'elles ne domine la définition générale de la poésie ; elles n'en peuvent être toutes ensemble que des corollaires éloignés ; de plus, la poésie une fois définie, et les règles générales de l'art une fois posées, la solution de toutes ces questions devient si aisée, qu'elle pourrait paraître inutile. Nos propres idées en fourniraient au besoin la preuve. En effet, si vous admettez que la poésie réside dans la nature, irez-vous chercher des intermédiaires pour la saisir ? Si vous pensez que la pierre de touche du fait poétique est dans votre sensibilité, irez-vous consulter et copier la sensibilité d'un autre ? Si vous vous apercevez que toutes les émotions, qui vous sont propres, sont accompagnées, dans votre intelligence, d'idées étroitement et nécessairement liées à vos émotions, ne voyez-vous pas aussi que toutes les combinaisons possibles de vos émotions et de vos idées doivent être l'œuvre originale et libre de votre propre intelligence? Si enfin vous êtes convaincu que tout sujet porte en lui-même sa méthode et ses lois, n'êtes-vous pas à l'avance préservé de toute erreur où une fausse imitation pourrait vous conduire? A toute question de ce genre, on opposerait de même qu'elle doit toute son importance au manque d'une bonne idée générale de la poésie et de l'art. Mais quand on tient ou que l'on croit tenir une vue générale de ce genre, on est fondé à passer légèrement sur toute question qui ne touche qu'à un détail de la méthode ; d'autant plus que si les questions accessoires s'embrouillent et s'obscurcissent mutuellement, quand on ne regarde pas au-dessus d'elles, au contraire une idée générale au besoin les sépare, et les distingue, et les tranche toutes dans le vif.

XIX. Nous rentrons dans notre sujet en cherchant à découvrir la source du talent poétique. Cette question, il est vrai, n'entre pas nécessairement dans l'art, ni dans les méthodes pratiques, où l'exercice de l'art se renferme. Elle recule avec le fait, qu'elle envisage, jusqu'à cet ordre de questions, qu'on n'aborde pas, sans quitter le champ bien ouvert et bien éclairé de la vie humaine, pour entrer, en quelque sorte dans l'atelier même de la nature, pour prendre la nature sur le fait, au moment où elle organise les êtres. La raison ne repousse jamais l'espérance de percer tôt ou tard tous les mystères que la nature oppose à sa curiosité ; et c'est dans cette audace même qu'elle trouve à la fois le principe et les marques de sa force et de sa grandeur. Il est à craindre il est vrai, que sur un grand nombre de points, la nature ne se soit préservée à l'avance de nos témérités, en nous don-

nant des yeux trop faibles. Mais, dans tous les cas, le plai·
sir de tenter la découverte ne nous est pas du moins re-
fusé.

Dans le problème qui nous occupe , quel est le principe de
cette fécondité mystérieuse, qui, dans la poésie en particulier, se produit d'abord par l'émotion et par l'idée ; qui se
laisse discipliner et diriger, mais qui pourtant ne se dépouille
jamais d'un certain caprice ; qui préexiste à l'émotion, à
l'idée, à la vie entière ; qui inflige mille échecs à nos desseins
et à nos vœux ; qui , tout en vivifiant notre force, ne cesse
pourtant presque jamais d'accuser et de trahir notre faiblesse?
Cette spontanéité, qu'il est si difficile de comprendre, nul ne
la connaît aussi bien que les penseurs et les poètes ; nul n'en
ressent aussi souvent l'humeur capricieuse. Autrefois une
nation de poètes y vit un don spécial des dieux aux mortels, qu'ils daignaient plus particulièrement honorer et ché-
rir. Avec le temps, il a paru que les soins de la providence se
réservaient pour des choses plus graves ; ces soins, à ce qu'il
semble, se sont agrandis et multipliés ; les mortels ont dû
se replier plus souvent sur eux-mêmes ; mais, pour ne parler
que de l'art, les hommes ont pu croire, que, se dispensant de
veiller d'aussi près sur leurs plaisirs, l'influence divine leur avait
pourtant laissé une petite part de sa puissance. Dieu n'a point
cessé de verser la poésie sur la nature , en y faisant couler
la vie. Par l'émotion , il a mis, au cœur de l'homme , le sentiment, la jouissance de cette poésie , qui anime tout. La nature est chargée de la fournir à l'âme humaine, et l'âme humaine à l'idée pour la saisir et la modifier selon ses besoins.

La nature, il est vrai, est investie, à son tour, de droits
qu'elle exerce avec une sorte de jalousie.

Ainsi, comme pour mettre des limites et des entraves à la
liberté de notre vie et par suite à la liberté de l'art, qui l'ex-

prime et la réfléchit, elle ne permet pas à l'âme de se con-
tenter de l'idée. Sans doute elle n'ôte point à l'idée la vertu
de produire l'émotion; mais elle réserve toujours, pour l'idée
revêtue de formes sensibles, le privilége de produire l'impression la plus vive. Elle va même plus loin; elle exige que l'âme
se nourrisse régulièrement du spectacle des formes sensibles.
Peintre, elle glace votre main, si vous n'avez pas un modèle
vivant sous vos yeux; statuaire, vous ne pouvez ni fixer vos
lignes, ni modeler vos contours, si vous ne suivez des lignes
et des contours que la nature même ait arrondis et façonnés;
poète, vous pouvez vous croire moins soumis à son ja-
loux empire; vous ne peignez, à ce qu'il semble, qu'un petit
nombre de faits de ce monde sensible, qui paraît être plus
particulièrement le sien; et vous prenez de préférence les
éléments de vos œuvres dans les replis mystérieux du cœur
humain, ou dans les perspectives lointaines de l'histoire;
par suite, vous pourriez croire que votre monde à vous,
c'est le monde des idées, et que l'unique instrument de votre
puissance, c'est votre mémoire, ou votre imagination. Mais,
ne vous y trompez pas, la nature ne permet pas que la poésie
se réalise de deux manières; si vous ne vous inspirez que des
idées, vous n'aurez pas l'inspiration vive et féconde; s'il vous
plaît d'être artiste excellent, empressez-vous de rafraîchir
l'émotion, en retrempant l'idée aux sources naturelles; re-
voyez le paysage, écoutez le fleuve, lancez le coursier, regar-
dez luire le glaive, sentez, vivez, répétez l'émotion! faites plus!
pour ces objets que votre intelligence a saisis à de trop grandes distances et que vous ne sauriez remettre sous vos yeux,
prenez-en les idées et rattachez-les à des choses analogues, qui
soient à la portée de vos sens; si vous êtes Homère, et que
vous peigniez Achille, cherchez autour de vous quelque figure
de jeune homme, qui soit pour vous le fait humain, la jeu-

nesse, la force, la grâce, la fierté, le courage, dont vous voulez nous offrir les traits; imitez les sculpteurs et les peintres, et donnez toujours à l'idée l'appui d'un fait réel, qui soit analogue; autrement vous serez moins ému, moins inspiré !

Il faut bien l'avouer, malgré l'indépendance apparente de l'idée, l'émotion, cette forme essentielle et première du talent poétique, est subordonnée à l'influence de la nature et contrainte de s'y plier. Mais ce que l'indépendance de l'âme perd d'un côté, ne le gagne-t-elle pas d'un autre ? Et serait-il téméraire d'affirmer que si le principe premier et définitif du talent poétique n'est pas dans l'émotion même, du moins il est soumis à tous ses mouvements, et qu'il ne s'en sépare jamais? il est à remarquer que plus l'émotion est vraie et profonde, plus aussi elle est féconde et efficace; d'un autre côté, plus l'émotion est fatiguée et affaiblie, plus le talent se montre engourdi et énervé. Que la spontanéité du talent ne dépende pas uniquement du jeu plus ou moins vrai de la sensibilité, nul ne l'a dit, nul ne l'a prouvé; mais de plus, s'il est permis de hasarder quelque chose, il serait doux, il serait avantageux de penser le contraire. L'émotion en effet nous appartient. Nous pouvons accroître et perfectionner la faculté de sentir. Nous l'améliorons sans contredit par l'exercice. Si donc l'émotion était le ressort fondamental du talent poétique, le talent aussi serait un trésor dont nous possèderions la clef. Ne repoussons pas une espérance aussi séduisante! Osons nous en saisir et la justifier! Aussi bien l'histoire de la poésie et ses allures journalières nous y autorisent, en fournissant à cette opinion des preuves, auxquelles la vraisemblance du moins ne manque pas.

XX. Nous voyons que sans émotion, point d'inspiration, point de fécondité heureuse, même pour l'intelligence. On a remarqué que tout homme est poète à l'occasion. On a observé que là même où les procédés mécaniques de l'art sont imparfaits et grossiers, une forte émotion produit des résultats, que le véritable artiste envie. Si cela n'était pas découvert depuis des siècles, il faudrait le proclamer bien haut; c'est l'émotion qui donne des ailes à la pensée, qui fait jaillir l'invention à flots abondants, qui prête à l'imagination ses couleurs les plus vives, qui guide la main et le pinceau avec un bonheur merveilleux. Le poëte, l'artiste, qui n'a qu'une faible émotion, trouve sa pensée engourdie et son imagination glacée; sa volonté se consume en d'impuissants efforts; il poursuit des formes qui le fuient; il assemble des groupes qui ne tiennent pas; il ne peut dissiper l'ombre qui s'amoncelle sur ses dessins et ses couleurs; une sorte de maligne influence égare partout son burin; il ne recueille enfin que l'indifférence et le mépris, quand il montre au grand jour ses productions avortées.

Telle est l'importance de l'émotion dans l'art; telle est aussi l'influence jalouse que la nature exerce sur notre âme; sans émotion, point de conception vivante et animée; point d'émotion vive et féconde, là où l'influence directe et présente de la nature n'intervient pas. Mais ici, des deux côtés, notre sujétion même nous avertit de notre indépendance; et nous voyons que, si les impressions, qui nous viennent du dehors, alimentent en quelque sorte et fortifient nos émotions, il y a cependant, au fond de notre âme, une force libre, que Dieu y a mise, et dont il laisse la direction à notre intelligence; cette force, cette aptitude, c'est la sensibilité, qui est à l'émotion ce que l'arbre est à ses fruits; or l'exercice de la sensibilité est soumis à l'intelligence. D'un autre côté, l'expérience nous atteste, que la nature extérieure, dans ses rapports avec notre âme, en est partout réduite au jeu d'une force aveugle. C'est donc à nous qu'il appartient d'introduire l'ordre et la méthode dans les fonctions et les effets de la sensibilité. Nous voyons, par exemple, que plus les impressions extérieures sont passagères et rapides, moins elles nous émeuvent. Ne s'en suit-il pas qu'en les cherchant avec choix, qu'en les ménageant avec méthode, qu'en en réglant le retour ou la durée sur la nature ou l'intensité des effets intérieurs, nous nous emparons d'un certain empire sur la nature extérieure, et que du même coup nous faisons participer notre sensibilité à la liberté dont jouit notre intelligence? Nous convenons, comme nous l'avons déjà dit, que l'émotion est dans notre vie une fonction naturelle et nécessaire, en ce sens que, lorsqu'une cause d'émotion agit sur nous, nous ne sommes pas libres d'être ou de n'être pas émus. Mais nous pouvons dire aussi qu'après ce contact fortuit de la nature et de notre sensibilité, la liberté de nos émotions commence. Nous sommes libres en effet de supporter ou de fuir les impressions extérieures. Bien plus, sans un acte libre de l'intelligence, nous ne pourrions pas tourner, pour ainsi dire, nos yeux sur cette émotion, qui naît alors dans notre âme, et la voir croître et s'élever jusqu'à la mesure qui nous convient. Cela est certain pour les émotions qui viennent animer la vie. Mais les émotions, qui se produisent dans la vie, ne sont pas autres que les émotions exprimées et répandues par les arts. Des conséquences que cette vérité engendre, il sort une règle des plus importantes dans la pratique de l'art, celle qui donne à l'émotion même la convenance et la mesure.

La méthode qui dirige l'emploi de l'émotion, c'est cette même méthode que la nature nous enseigne pour l'ordonnancement des faits.

Vous prenez un fait poétique d'une grande étendue, par exemple, le courroux d'Achille contre Agamemnon. Vous divisez ce fait en ses parties naturelles, et vous y tracez vingt-quatre groupes principaux. Chacun de ces groupes se subdivise

en groupes élémentaires. Vous descendez ainsi jusqu'au groupe
le plus simple, la proposition, l'affirmation, cette forme du
groupe poétique, qui est la forme élémentaire du groupe
poétique dans la poésie littéraire. La proposition ajoutée à
la proposition, vous donne, en s'amoncelant, l'épisode, le
chant, la somme de tous les épisodes, l'ensemble de tous
les chants, le poème. Vous trouvez dans le poème, deux
parties générales, les faits psychologiques, et les signes
matériels dont ils sont revêtus; d'une part les idées et les
pensées, les représentations diverses qui s'offrent à l'intelligence; d'autre part les mots, les phrases, les formes du
discours, qui font passer les idées et les pensées à travers
les sens. Dans la construction de ces groupes si compliqués,
un certain effet doit naître de chaque élément du poème,
si le poème est bon; cet effet, c'est une émotion agréable
et vive. De plus, l'émotion de détail doit rentrer et se classer dans l'émotion générale, qui est inhérente à l'idée générale du poème, par les mêmes rapports et d'après les
mêmes lois, qui unissent chaque idée à l'ensemble des idées,
chaque fait poétique à la totalité des faits poétiques. Il faut
que l'émotion se divise, s'assouplisse, se varie, se pro-
portionne en raison des divisions, des mouvements, des
proportions du poème tout entier. A la variété, qui préside à la combinaison des idées, doit correspondre une variété plus profonde et plus savante encore, la variété des
émotions, et la sensibilité tout entière, semblable à un
instrument aux notes innombrables, déployant et faisant
retentir tous ses tons divers, épuisant toutes les formes
du groupe et mêlant même les dissonances aux accords, se
déployant elle-même, autant qu'il se peut, dans toute son
étendue, et de la sorte faisant connaître à l'âme tous les degrés divers et toutes les formes intimes de la vie. La variété des émotions portée jusqu'à la plénitude, ce serait

l'âme tout entière se versant elle-même dans l'art selon
la plus savante méthode que l'intelligence puisse lui prêter,
et accomplissant avec une méthode certaine les actes les plus
intimes et plus doux de la vie. Aussi les œuvres d'art les
plus goûtées sont-elles toujours, nous ne dirons pas seulement
les plus émues, mais principalement celles où nous pui-
sons les émotions les plus variées. Il va d'ailleurs de soi-
même que les effets de cette variété, soit dans les détails,
soit dans l'ensemble, sont d'autant plus énergiques et d'autant plus vifs, qu'ils s'offrent et jaillissent dans un ordre
plus savamment combiné. Ainsi l'intelligence ne fournit
pas seulement les idées ; elle ne se borne pas à servir d'in-
termédiaire entre la nature et l'âme; mais de plus, reculant
avec l'émotion jusqu'au fond de l'âme, elle dirige, du moins
au point-de-vue de l'art, le jeu le plus caché et le plus profond
de la vie, et porte ainsi, a ce qu'il semble, dans la féconda-
tion et l'exercice du génie, la conscience et la méthode,
l'ordre et la liberté.

La sensibilité libre et se dirigeant elle-même est donc la
forme originelle et première du génie. Comme c'est la sensibilité qui se sent elle-même, s'il est permis de parler ainsi,
qui s'observe et se gouverne elle-même, pour s'exciter, et se
mesurer ou s'assortir, on pourrait y voir un instinct inhé-
rent à la sensibilité, mais différent de cette autre fonction où
l'intelligence, dégagée de l'émotion, se tourne vers les
choses extérieures. C'est là un nouvel aspect de l'émotion
et un problème qu'il ne faudrait pas négliger, s'il était nécessaire de pousser la théorie de l'émotion jusqu'à ses limites
les plus reculées. Mais s'il est permis de borner l'analyse
aux limites mêmes des conclusions que l'on veut établir,
nous avons suffisamment démontré que ce n'est pas l'idée,
ou la connaissance, ou la science qui dirige et féconde le
talent poétique; et dès ce moment, nous sommes en droit de

dire que c'est à l'émotion seule d'animer le génie et de conduire heureusement tous les pas du poète à travers son sujet.

Le poète en effet trébuchera dans sa marche, s'il n'est pas
soutenu par une émotion continue. Il s'égarera, s'il n'a
pas soin de tenir toujours ce fil conducteur dans sa main.
Dans l'immense route qu'il parcourt, chaque fois qu'il hé-
site devant une idée, ou qu'il doute d'une forme d'expression;
que l'émotion soit là, pour l'avertir; et qu'il lui prête une
oreille docile. Mais si elle est là, le génie s'y trouve à ses
côtés, et du même coup le poète sent le mystérieux tressaille-
ment de son âme émue et il voit luire le rayon du génie qui
le conduit.

Osons le dire ouvertement, l'émotion seule est le principe
de cette fécondité toujours heureuse, qu'on a quelquefois
attribuée aux effets mystérieux d'un feu céleste, allumé par
les dieux dans l'âme des poètes; mais que plus souvent on a
nommée inspiration, en lui donnant un nom, plus clair, et
plus vrai.

A regarder de près la poésie, la source n'en est donc pas
exclusivement dans les cieux, et les flots salutaires ne nous
en sont pas mesurés par une puissance capricieuse, que vont
chercher nos rêves, et qui le plus souvent est sourde à nos
vœux. Le trône de la muse est au fond de notre âme; le
signe le plus manifeste de ses faveurs, c'est tout simplement
cette variété d'émotions qui entretiennent la force et l'activité
de notre vie. Aussi l'émotion féconde est-elle bien mieux
nommée, quand on la nomme inspiration. En effet, la poésie
nous vient de la nature extérieure, elle coule au dedans
de nous par tous nos sens; elle y entre avec l'air que
nous respirons; elle soutient la vie par une suite non inter-
rompue d'inspirations et d'émotions successives. Telle est la
fonction de la poésie dans le cours ordinaire de la vie humaine. Mais dans les cas, où elle s'élève jusqu'au culte des

arts, elle diffère un peu sans doute de ce qu'elle est dans la vie ordinaire ; mais elle n'en diffère que par le degré.

XXI. Qu'est-ce en effet que l'artiste? qu'est-ce que le poète excellent? C'est un homme doué entre tous d'une intelligence plus nette et d'une sensibilité plus vive. Un poème, c'est-à-dire un groupe d'idées et d'émotions réparties dans une juste mesure sur les idées, c'est un effort auquel toute intelligence et toute âme ne peut pas s'élever. L'homme du commun conçoit bien des idées de détail, et son âme n'est point fermée aux émotions qui accompagnent naturellement ces idées ; mais il ne peut pas, dans un groupe général, tracer des groupes secondaires, avec un juste sentiment des proportions et des rapports ; il ne trouve pas en lui assez de lumière pour éclairer, comme il convient, une composition à mille faces ; son émotion enfin se fatigue, ou voltige d'objet en objet. Cette ténacité de l'émotion, qui résiste à un long travail de pensée, qui dure depuis la dispute d'Agamemnon et d'Achille jusqu'aux funérailles d'Hector ; que chaque nouvel aspect du sujet trouve toujours fraîche et vive, toujours juste ; qui se répand sur l'ensemble comme un feu resplendissant et bienfaisant ; qui circule dans les détails, comme un inaltérable souffle de vie ; cette émotion inépuisable, puissante, où la mesure ne manque jamais, est le privilége de certains hommes, tout juste assez nombreux, pour révéler à l'âme humaine tous les secrets de sa force et toute son étendue, mais assez rares, pour attester la grandeur et l'importance du rôle auquel la nature les a destinés.

Ainsi, pour grand et rare que soit le rôle de poète excellent, n'allons pas croire que, dans ce rôle, il y ait quoique ce soit d'inexplicable. Non! l'âme du plus grand poète conçoit et crée la poésie de la même manière et avec les mêmes moyens que le poète le plus humble. L'un a sans doute une sensibilité

exquise et une intelligence puissante; l'autre n'a que des
émotions légères et passagères, et son esprit ne peut pas
voir bien loin; mais l'un et l'autre ne mettent dans l'art que ce
qu'ils ont trouvé dans la nature; ils n'y peuvent apporter que
les résultats de leur vie personnelle, que l'idée qu'ils ont ac-
quise, que l'émotion qu'ils ont sentie; pour l'un et pour l'autre, la poésie coule de la même source, elle arrive par les
mêmes canaux, ils l'épanchent de la même manière; et de la
sorte, entre le plus grand poète et le poète le plus faible, il
n'y a qu'une différence d'intelligence et de sensibilité.

XXII. Arrive-t-il quelquefois qu'un poète se trompe? Peut-
il se faire qu'avec des facultés puissantes, il ne mérite que
de médiocres succès? Oui sans doute, et cela se conçoit sans
peine. Car il ne suffit pas que le poète se sente fortement
inspiré, il faut de plus que l'émotion exprimée soit dans une
juste proportion avec les idées et les formes de poésie qu'elle
accompagne; quand elle est en disproportion avec le fait
poétique, trop faible, elle produit le style froid, trop forte,
elle engendre le style ampoulé; ainsi la froideur et la décla-
mation naissent toutes les deux d'un manque de mesure et
d'accord entre les faits poétiques et l'émotion exprimée. Ceci
nous conduit à distinguer dans l'émotion trois nouveaux aspects; l'émotion intérieure, contenue au fond de l'âme, naturelle, simple et spontanée, émotion, où la proportion ne manque jamais, du moins dans une âme bien organisée; l'émotion
répandue au-dehors, revêtue de formes sensibles, destinée à
réveiller au-dehors une émotion pareille, soumise par cela
même aux conditions et aux risques de l'art, sujette à man-
quer de convenance et de mesure, selon que son rapport avec
les formes, qui la propagent, est vrai et juste, ou discordant
et faux; il est enfin une troisième sorte d'émotion, qui n'est
de l'émotion qu'en apparence; la nouveauté des idées, leur

singularité, leur éclat, enflamment quelquefois l'imagination
de l'artiste, au point qu'il prend cette impression violente et
exagérée, que l'imagination seule reçoit, pour un élan de sensibilité vraie, pour un mouvement fécond et complet de son
âme tout entière; cette méprise est malheureusement trop
fréquente dans la poésie, et le bon goût ne saurait la pardon-
ner. Que les poètes soient donc en garde contre cet éblouis-
sement, que produisent la singularité ou l'éclat de certaines
idées. Le succès du poème dépend surtout de l'accès que le
commun des âmes trouve vers les idées qu'on lui offre, et
de leur goût pour les émotions, que le poème est en état de
leur donner. Le caractère des âmes ordinaires, c'est de n'a-
voir pas porté leur attention sur les parties de la nature,
qui sont trop reculées; les âmes ordinaires s'enferment
dans un petit cercle, où elles se complaisent à parcourir un
petit nombre d'idées, à répéter sans cesse un petit nombre d'émotions; ce cercle comprend, pour la plupart des
hommes, la famille, le métier que l'on exerce, le champ que
l'on cultive, le ciel que l'on embrasse dans l'horizon du village ou du hameau, l'église où l'on prie, la petite société au
milieu de laquelle on vit, le quartier, le village, la ville.
Vous aurez beau parcourir la société humaine dans tous les
sens, vous trouverez partout que la vie se réduit, dans le cas
le plus général, à un petit nombre de conditions, à peu près
également restreintes, à peu près les mêmes pour tous les
hommes; de telle sorte que vous pouvez apercevoir deux
classes d'idées et d'émotions, les unes universelles et familières, formant le fond de la vie dans tous les temps et dans
tous les lieux; les autres rares, difficiles à trouver, ne pou-
vant être atteintes que de loin en loin par un petit nombre
d'âmes privilégiées. Si vous m'offrez une affirmation, un
groupe d'idées, dont vous avez pris les éléments, en vous
élevant, pour ainsi dire, par delà le monde, et à des hauteurs

où je ne saurais aller, vous aurez beau me tracer un tableau lumineux, grand, sublime, conçu et exécuté selon les lois de la poésie; sans doute si les hauteurs, où vous vous placez, me sont familières, je ne serai pas étonné de vos idées, et je pourrai partager vos émotions; mais, si je n'ai point assez de vigueur dans l'esprit pour soutenir une contemplation aussi élevée, si j'ai vécu de la vie la plus ordinaire, si mon intelligence préfère des idées placées plus près de moi et des émotions plus faciles, je laisserai Anchise expliquer à d'autres les mouvements mystérieux de la vie à travers le monde,

> Principio cœlum et terras camposque liquentes
> Spiritus intus alit, etc.

Et tournant à la hâte quelques feuillets, j'arrêterai de préférence mes yeux sur cette mère à cheveux blancs, qui file pour son fils absent une tunique neuve; ce spectacle n'est pas rare sans doute, mais c'est justement pourquoi je le préfère; je vois tous les jours un visage du même genre; les grâces de la jeunesse n'y sont plus; mais c'est le visage d'une mère! Il n'y a ni pompe ni opulence autour d'elle; elle est assise au coin du foyer; au bruit de son fuseau, elle baisse la tête et garde le silence, pensive et recueillie; cela n'est pas l'attitude d'une reine, ni celle d'une déesse; mais c'est pour cela que je la comprends et que je la sens mieux! Aussi, voyez, quand Junon s'indigne et envoie Alecto jeter dans le cœur d'Amate le levain d'un effrayant délire, cela m'étonne et m'émeut jusqu'à un certain point. Mais quand cette mère infortunée, pour qui j'éprouve une si vive tendresse, apprend la mort de son fils, quand je vois le fuseau tomber de ses mains, et la laine rouler à ses pieds, en ce moment là, pour donner un libre cours à mes larmes, j'ai à peine besoin d'écouter les plaintes si naturelles et si simples, qui sortent de ce cœur brisé. Par suite, je comprends fort bien, que pour remuer mon cœur, il faut toucher à mes affections ordinaires. Je pénètre ainsi le secret des grands poètes, toujours soigneux de représenter des idées simples et de réveiller des émotions familières. Je vois que plus la poésie s'éloigne de la vie commune, plus elle se prive elle-même de ses moyens les plus naturels de succès. Quand elle s'égare dans le domaine des idées abstraites, quand elle s'abandonne à un essor ambitieux à la suite de la philosophie et de la science, quand elle s'adonne de préférence à l'affirmation subtile et dépouillée de formes sensibles, je comprends fort bien que l'émotion la quitte, et que, par suite, elle perde son empire sur moi.

XXIII. Toutefois, remarquons-le bien, ces faits lointains, ces idées arrachées aux intimes profondeurs de la nature, ne sont pas absolument privés du caractère poétique. Ceci rappelle une question que nous avons déjà rencontrée, et qu'il importe de discuter une bonne fois. Maintenant que la poésie nous est connue, jetons un regard plus attentif sur la science. On a dit que ces deux fonctions de l'âme sont ennemies; on a dit que la science est pour la poésie un venin mortel. Cherchons s'il n'y aurait pas plutôt entre ces deux principes une alliance éternelle et nécessaire; assurons-nous si, conduites par une sage méthode, elles ne peuvent pas se fortifier l'une l'autre et fournir à l'art et à la vie, par une alliance intelligente, un plus utile concours.

Souvenons-nous que la poésie, c'est l'émotion, et que la science, c'est l'idée.

Dans la marche progressive de la raison, quand elle s'est mise à la recherche des idées, la science, prenant pour point de départ les besoins les plus immédiats de la vie humaine, a reconnu d'abord les faits les plus prochains. Placée avec la vie au centre du monde, elle a tourné d'abord autour de la vie. En vain le monde s'ouvrait-il devant elle par des perspectives infinies. Il fallait d'abord reconnaître le terrein où l'homme marchait; il fallait assurer ses pas, lui déblayer la route, accommoder ses forces aux obstacles qu'il rencontrait. Ainsi la science devait se tenir tout près de l'homme, tant que l'homme en était encore à conquérir un certain empire sur les éléments qui l'entourent et qui lui font obstacle; il fut donc d'abord nécessaire de construire les arts, qui sont le seul moyen de saisir et de nous approprier les éléments de notre vie; ainsi la science dut avant tout fixer et assembler les idées les plus simples et les plus familières, et arranger le jeu si compliqué de l'existence humaine. Cette œuvre une fois achevée, il lui fut permis de s'élancer au loin; afin de pousser, jusqu'à ses dernières limites, l'analyse de la nature et du monde, il lui fut permis de monter jusqu'aux cieux et d'y étudier les mouvements des étoiles; de s'enfoncer dans les entrailles de la terre et d'en classer les substances innombrables; de saisir les éléments les plus cachés, pour leur arracher le secret de leurs mouvements et de leurs lois; de pénétrer enfin les rapports des formes, pour en déduire les variétés les plus subtiles de l'étendue et du nombre. En s'éloignant ainsi du terrein ordinaire de la vie, la science ne se dérobait pas à la condition essentielle de la vie; de près ou de loin, en présence d'une idée nette, et d'un fait à formes définies, la science a retrouvé partout l'émotion; car la poésie a reculé avec elle jusqu'aux limites extrêmes de la nature. Les savants eux-mêmes ne le disent-ils pas? Quand ils créent de nouvelles méthodes d'investigation, pour découvrir de nouveaux aspects dans la nature; quand ils font au loin, dans la nature, de nouvelles moissons d'idées, n'éprouvent-ils pas, à la suite de l'idée, des ravissements d'autant plus profonds, que leurs idées sont plus lumineuses, et que la nature leur apparaît sous des aspects plus définis? Il nous semble à nous,

qui ne montons pas sur ces hauteurs, que la poésie a peur de
ces routes si ardues et si périlleuses. Mais il n'en est rien, et le
témoignage des adeptes de la science est formel. Comme une
prêtresse, chargée de porter le flambeau, la science va bien la
première au fond du temple soulever incessamment de nouveaux
voiles ; mais la poésie, sa compagne inséparable, met toujours son pied sur la trace, que la science vient de laisser ; elle
arrive toujours aussitôt que son guide à la contemplation du
mystère ; l'une a toujours recueilli l'émotion, aussitôt que l'autre
recueillait l'idée ; ainsi la science ne peut jamais aller si loin,
que la poésie ne se trouve toujours à ses côtés. Non seulement la poésie s'introduit avec ses verres magiques dans le
laboratoire du chimiste ; mais elle répand les vives couleurs
de son prisme jusque sur ces formules et ces chiffres, qui nous
semblent à tort si arides et si décolorés.

Mais c'est surtout dans la vie ordinaire que l'œuvre de la
science brille d'un admirable éclat. Nous admirons les analyses et les synthèses qu'elle a rapportées des parties lointaines de la nature. Mais n'a-t-elle pas fourni les analyses les
plus subtiles et les synthèses les plus vastes, pour organiser
la société et les arts ? L'art poétique, en particulier, pouvait-
il construire, sans ce secours, ses difficiles et profondes méthodes ? On a pu croire que la science ne se rapproche de
la poésie, que lorsque la poésie est en décadence. Mais c'est à
l'enfance de la poésie que la science prête le plus large concours. L'allégorie est une des premières formes que la poésie
se plaise à revêtir. Quoi de plus abstrait, quoi de plus froi-
dement combiné, quoi de plus scientifique, que l'allégorie ?
Une mythologie ne suppose-t-elle pas nécessairement une
profonde analyse de la vie humaine et de la nature extérieure ? Pour construire la mythologie de la Grèce, par exemple, n'a-t-il pas fallu abstraire et systématiser un nombre
infini de faits, saisir une immense quantité d'analogies, rap-

procher une prodigieuse multitude d'idées, et exprimer sous des formes sensibles presque tous les rapports de la vie humaine avec le monde extérieur? Mais la seule organisation d'une langue n'est-elle pas une des plus difficiles opérations de la science? le mécanisme du discours poétique, qui est assurément l'œuvre de la science, par quelle autre création scientifique est-il dépassé, soit en étendue, soit en exactitude?

Ainsi la science et la poésie sont liées l'une à l'autre par des liens éternels. Ainsi toutes les tentatives de l'idée tournent partout au profit de l'émotion. Ainsi le divorce de la raison et de la sensibilité est un désordre impossible, un rêve chimérique et insensé!

XXIV. Il est vrai, que dans l'histoire, la science et la poésie paraissent quelquefois subir des phases contraires; il semble que la science éprouve des éclipses, tandis que la poésie fleurit; et de même, tandis que la science brille du plus vif éclat, la poésie, en certains cas, s'affaiblit et s'abaisse.

Mais pour s'expliquer ces contrastes, il suffit d'entrer un peu dans les secrets de la destinée humaine, et de comprendre le sort naturel des émotions et des idées.

L'émotion, se confondant avec la vie, est passagère comme elle; toute vie étant sujette à s'user, la source de l'émotion est partout sujette à se tarir. La fraîcheur et la vivacité des émotions est attachée à la fraîcheur et à la jeunesse de l'âme. Le vieillard a de moins vives émotions que l'enfant, l'enfant a des émotions moins profondes que le jeune homme. Ce n'est pas seulement dans la vie individuelle que ce dépérissement se fait sentir. La sensibilité d'une race s'épuise comme la sensibilité d'un seul homme. On voit comment une race, une nation, vit sur un fond commun d'idées et d'émotions. C'est par là qu'une nation s'unit dans la culture et la jouissance

des mêmes arts. Mais, à la longue, le sentiment de ses émotions communes s'affaiblit partout, et la sensibilité éprouve
comme une ruine générale. C'est le temps où les nations appa-
raissent frappées d'une torpeur, d'une faiblesse, avant-cour-
rière de leur fin prochaine, et la mort ne tarde pas à clore
cette période de caducité. Les arts, issus de la jeunesse, les
arts, qui florissaient, quand les âmes étaient pleines de sève
et de sensibilité, ont donné des signes de décadence, dès que
la sève de l'âme s'est affaiblie, et long-temps avant les dé-
croissements extrêmes de la vie, les arts s'étaient éteints.

Mais les mêmes vicissitudes atteignent aussi la science.
L'intelligence se fatigue, à force de s'exercer. De plus, aux
individus comme aux races, la nature ne donne qu'une mesure déterminée de force pensante. C'est pourquoi la science
a beau survivre à la poésie, l'idée s'affaiblit en même temps
que l'émotion. On trouve des émotions moins vives dans les
littératures en décadence; mais on y voit aussi des analyses
moins nettes et des synthèses moins régulières; l'intelligence,
elle aussi, fléchit sous le poids des idées, et la pensée périt
avec l'émotion. Seulement il semble que l'émotion succombe
la première; ou du moins, la sensibilité s'en va d'un pas plus
précipité, selon que l'idée opère des envahissements plus
rapides. A certaines époques, l'équilibre de l'émotion et de
l'idée est rompu; on se retire généralement dans une sorte
d'existence intérieure; on ne veut que savoir, que parler,
qu'analyser; on oublie de sentir, d'aimer, de vivre; on abandonne ce terrein familier de la vie, où il semble que tout est
salutaire, que tout est sain, que tout alimente la vie, au lieu
de la consumer; ce désordre amène bientôt de déplorables
suites; car, en ce cas, l'idée est véritablement imprégnée
d'un mortel venin; elle dessèche l'âme, elle la flétrit, elle la tue.

Si nous entendons bien le rôle de la sensibilité dans la vie,
et si nous n'exagérons pas l'influence de l'émotion dans les

arts, nous pourrions ici regretter que la vie même ne sache
pas se modérer et se définir. Ne pourrait-elle pas en effet, en
se préservant de certains excès, éviter aussi certains écueils?
Si l'on subordonnait sagement les développements de l'intelligence à l'exercice de la sensibilité, n'échapperait-on pas à
cette fatigue dangereuse, à cet épuisement mortel, qui naît
de l'influence trop exclusive, et si l'on nous permet de le dire,
de l'abus des idées? Le secret de prolonger la vie et d'en conserver la force, aussi long-temps qu'il se peut, c'est peut-être
de contenir l'intelligence et le cœur, l'idée et l'émotion, dans
un juste équilibre? Si cela se pouvait, les arts aussi seraient
assurés de leur durée, ou du moins ils échapperaient à ce
marasme qui les flétrit, à cette langueur qui déshonore la fin
de leur carrière. Mais pour atteindre ce résultat si digne d'envie, quel accord et quelle suite dans les entreprises, et, dans
la direction, quelle énergie et quelle puissance ne faudrait-il
pas! La vie de chaque individu pourrait peut-être se plier
ainsi à une direction réfléchie et garder une sage mesure, si
l'individu vivait indépendant et isolé. Mais, au sein de la société, une entière indépendance est impossible. La vie col-
lective nous place dans un courant d'idées, qui oppriment
l'intelligence, en l'inondant, de telle sorte qu'à moins d'une
grande vigueur, on n'échappe point aux habitudes d'esprit de
son siècle, et l'on ferait de vains efforts pour s'y soustraire.
D'un autre côté, les mœurs exercent une semblable tyrannie,
la mode séduit, l'usage entraine, et chacun est obligé de vivre comme tout le monde vit, de se livrer aux mêmes goûts,
de suivre le commun exemple et l'égarement général, de se
diminuer par où tous se diminuent, et d'aller ainsi, avec le
mouvement général de la vie, et par une marche aveugle,
vers le port, ou vers l'écueil. Il faut avouer, après tout, qu'à
ne regarder qu'à la plus forte vraisemblance, ces chances de
durée et de salut ont peu de poids contre cette loi funeste

mais générale et absolue, qui veut que toute chose ici-bas, après son commencement, arrive tôt ou tard à sa fin. La poésie et les arts sont comme les fleurs et les fruits de la vie ; la poésie et les arts marquent les époques florissantes d'une race, et représentent aussi les fruits de sa maturité. Mais, comme les individus, les races se fatiguent et s'épuisent par leur fécondité même, et tôt ou tard leur marche arrive au terme qu'il ne leur est pas donné de dépasser.

Voilà comment on peut s'expliquer la chute d'une littérature tout entière. Les âmes s'engourdissent et bientôt après le mouvement des idées s'arrête. Chacun a pris sa part au trésor commun des idées. Les circonstances, où l'on vit, sont connues à satiété. Les horizons de l'intelligence ont atteint leurs bornes. Il n'y a plus rien qui surprenne, plus rien qui étonne, plus rien qui transporte les âmes d'un sentiment vif : l'art a péri sous cette influence mortelle de la monotonie et de l'uniformité. Mais la poésie ne pouvait pas périr, sans que la sensibilité ne s'éteignît. La ruine de la sensibilité étant la ruine du ressort principal de l'âme, et l'intelligence ayant perdu cet appui, tout finit par succomber, l'idée et l'émotion, la poésie et la science.

XXV. Mais, par un suprême bienfait de la Providence, si la source des arts se ferme çà et là, les monuments des arts restent ; et, dépositaires fidèles de l'émotion et de l'idée, ils transmettent à l'avenir les résultats les plus beaux et les plus purs de cette vie qui est passée. Soumise à des alternatives de ruine et de renaissance, l'humanité ressemble à la forêt qui perd son feuillage, quand vient l'automne, mais qui reprend sa verte et brillante parure, quand renaît le printemps. Les races qui viennent ont bien à recommencer l'œuvre de l'émotion et de l'idée ; mais elles profitent de tout ce que les civilisations éteintes ont laissé. Virgile n'est plus, et les ronces qui cachent le tombeau du poète, ont poussé de même sur l'emplacement de la cité. Mais les poèmes du chantre d'Enée, parvenus jusqu'à nous, éveillent encore, dans nos âmes, les émotions que son génie a exprimées, et nous font vivre de la vie dont il vécut. Et de même du côté où Homère nous apparaît, la vie est éteinte, et la civilisation passée; les Hellènes ne chantent plus le pæan, en marchant au combat, et la foule frémissante a cessé d'applaudir le drame patriotique d'Eschyle. Mais l'art, l'art divin, a recueilli le souffle impérissable du génie; il a enchassé dans l'or, dans un or inaltérable, ces passions si belles, ces idées si arrêtées, ce sentiment si exquis de la nature. Vainement donc une impitoyable loi a glacé ces langues mélodieuses. La muse d'Homère et d'Eschyle chante toujours!

XXVI. Ainsi la poésie n'aide pas seulement à la vie de chaque homme; elle ne se contente pas de féconder tous les arts qui embellissent la vie; mais, de plus, elle recueille et fait durer ce que l'âme et le génie ont produit de plus noble. Si l'on veut compter tous ses services, on découvre qu'elle en rend de plus grands encore. C'est ici le lieu de déclarer que la poésie n'accepte pas ces reproches odieux, que quelquefois la philosophie lui a faits. La philosophie, en ce cas, a décrié la poésie, d'un côté parce qu'elle répand des mensonges, et d'un autre côté parce qu'elle rend la volupté trop aimable. Est-il vrai que la poésie soit une maîtresse d'erreur? Certains philosophes l'ont dit; mais ont-ils bien jugé l'art qu'ils attaquaient? Quand Homère me peint un époux en présence d'une épouse, et un tendre enfant, menacé de devenir orphelin; quand il me fait entendre les alarmes et les tendres plaintes de cette femme éplorée; quand il met, dans les discours du guerrier, la commisération que l'amour inspire, et la fermeté qui naît du courage, et la résignation que fortifie le sentiment

du devoir; quand il me fait assister à cette scène si touchante
et si vraie, ment-il, trompe-t-il celui qui lit cet épisode élo-
quent? Est-il un maître d'erreur? Qui osera proférer ce blas-
phème? Mais, quand il parle des dieux, il expose des mythes
trompeurs. L'accusation est singulière! Pouvons-nous oublier en effet qu'Homère a dit des dieux ce que ses contemporains en pensaient? Pourquoi n'a-t-il pas imaginé une théo-
logie plus vraie? Parce que cette réforme n'était pas dans son
rôle, parce qu'elle dépassait la portée de son esprit. Homère
prit les dieux comme ils étaient, ou plutôt il projeta les
rayons de son génie jusque sur l'Olympe; sans lui, ces idées,
toutes grossières qu'elles étaient, se seraient imprimées moins
fortement dans l'esprit des peuples; après tout, la majesté
des dieux eux-mêmes s'en accrut, et leur influence en devint
plus grande; du rôle trop humain qu'il leur prêta, il fit du
moins sortir, au profit des hommes, des leçons de piété, de
modération et de prudence; les générations, qui le suivirent,
trouvèrent ces leçons dignes d'être gravées dans le cœur des
enfants. Les erreurs qu'il emprunta aux croyances de son
siècle, n'étaient point son œuvre; et d'ailleurs, poète, il avait
à s'occuper de la vie humaine, à préparer de saines émotions
pour les âmes; Ajax ne pouvait pas être un théologien, ni
Diomède un philosophe; tels ils devaient être, tels il les fit,
c'est-à-dire vaillants et impétueux, souriant en face de la
mort, passionnés pour la patrie et pour la gloire. Les émotions qu'il a voulu exciter, sont bonnes, humainement parlant; les tableaux qu'il offre aux yeux, excitent dans l'âme,
de généreuses émotions, des émotions nécessaires; c'est tout
ce qu'il fallait; car la poésie n'a pas de système philosophique à créer, elle qui ne peut toucher aux choses abstraites,
qu'en se dénaturant, qu'en abandonnant le rôle qui lui est
propre. Alors donc que des censeurs trop austères ont accusé
Homère et ses pareils de répandre des fables, ils ont mé-

connu la nature et les devoirs de la poésie. Mais quand ils l'ont accusée de servir la volupté, on peut dire qu'ils l'ont calomniée.

·XXV:l. Si l'on veut réfléchir sur les effets de l'art, alors même qu'il dépeint la beauté matérielle, on sera forcé de convenir que l'art aide au triomphe de la saine morale, bien loin de flatter des instincts mauvais et grossiers. Le cœur humain a des passions, qu'il paraît dangereux d'exciter. La nature a mis en nous un penchant impétueux pour certaines jouissances des sens. Les jouissances violentes, la morale nous les interdit, pour des motifs puisés à des sources diverses. Nous ne prendrons ici que des points de vue humains, et nous aurons à dire seulement que ces jouissances, que ces écarts désordonnés de la matière qui se précipite sur la matière, ont le défaut d'occasionner une excessive dépense de force vitale, de préparer une ruine précoce pour les sens, de faire couler toute la vie dans une direction mauvaise, de l'employer à des plaisirs qui ne sont pas dignes de nous. Voilà sur quoi la morale s'appuie, au seul point de vue humain, quand elle nous défend la volupté matérielle. Nous pourrions fonder ses prescriptions sur des motifs plus élevés. Mais cette considération nous suffit. Les intérêts et les droits de la morale y trouvent une consécration suffisante.

Est-il vrai que la poésie et l'art poussent l'homme à la volupté matérielle? Nous le nions absolument; et nous prétendons, qu'en face de la beauté, qui produit d'ordinaire l'ivresse du désir, l'art détourne la passion, par une diversion habile; nous soutenons que l'art trompe le désir grossier, en discréditant la matière au profit de l'intelligence; de telle sorte qu'à la fin, les sens se taisent devant l'objet de leurs mouvements aveugles, et que l'âme se satisfait par les seules contemplations de l'esprit.

Il faut en effet reconnaître que la passion a deux états ; elle s'allume d'abord dans le cœur, par l'effet d'une commotion que les sens ont subie ; une fois allumée, elle trouble la raison, elle confond tous les instincts qui voudraient 's'opposer à son humeur impérieuse ; semblable à ce coursier-indocile, qui brise le char et renverse son guide, elle s'élance avec fureur vers l'objet qui la séduit ; malheur à elle et malheur à l'âme qu'elle entraîne, si quelque image plus séduisante ne vient la distraire et l'arrêter ; mais si des attraits plus grands se montrent à propos pour la charmer, avant qu'elle échoue sur l'écueil de la volupté grossière, si l'empire de cette nouvelle séduction tourne au profit de l'intelligence, alors le désir se satisfait sans crime ; et la pureté, l'intégrité, l'innocence de l'âme ne périt pas.

Le tableau que nous traçons n'est-il qu'un rêve, ou ne fait-il que rappeler les effets ordinaires de l'art ? La salutaire influence de l'art n'est-elle pas une chose d'expérience universelle ? La peinture et la sculpture se plaisent à multiplier certains aspects de la forme humaine, qui, prises dans le réel, ont coutume d'exercer la tyrannie la plus violente sur nos sens. La poésie va plus avant ; elle fouille le cœur humain, elle y va chercher les palpitations les plus subtiles et les plus tendres que la beauté matérielle excite en nous. Dira-t-on qu'en se mêlant familièrement à ces mouvements de l'âme, elle s'expose imprudemment à déchaîner ces instincts furieux, dont elle va troubler le sommeil ? N'est-elle pas sûre de les dompter, en les soumettant au joug de la beauté idéale ? Il n'y a qu'à voir comment l'art les dirige et les manie ; sans doute, quand l'art les éveille, ils s'attendent à trouver la matière devant eux ; ils s'élancent pour saisir cette volupté matérielle, dont ils sont avides ; mais au lieu de la matière, ils rencontrent l'idée. Ce n'est pas une beauté de chair, qui leur tend les bras. C'est une beauté, conçue par

l'esprit, revêtue de formes idéales, plus belle et plus at-
trayante par ce qu'elle doit à la pensée que par ce qu'elle emprunte à la réalité. Ce qu'il y a de semblable au réel, disparaît
dans cette auréole de beauté intellectuelle que l'art a répandue sur le marbre ou sur la toile. La matière abdique devant
cette majesté de l'esprit! Mais de plus, la vie a gagné quelque chose à cette épreuve. La vie a besoin d'émotions; elle ne
peut pas s'en passer. Pour discipliner le désir même, il faut
que l'âme y cède; ou bien de l'inflexible résistance de l'âme,
il résulte des perturbations fâcheuses dans le jeu de ses facultés. En substituant les émotions que l'art procure, aux
jouissances dont la matière est l'objet, l'âme comble ce vide
qui l'eût troublée, elle connaît ces émotions, qu'elle ne pouvait pas ignorer; mais par cette heureuse supercherie dont
l'art a tout le mérite et tout l'honneur, elle se plonge dans les
délices de la beauté, sans y contracter d'affreuses souillures.
Qui ne le sait? Qui ne l'a mille fois senti? Prenez une vierge
de Raphaël, et mettez au-dessous le nom de Phryné; votre
âme empêchera toujours vos sens de prendre le change.
Faites une expérience plus hardie et plus décisive; contem-
plez ces marbres, mille fois plus beaux, que toute forme humaine, ces images consacrées à Vénus; considérez l'enchan-
teresse dans ces attitudes et sous ces formes, qui sont des
miracles de grace. Que sentez-vous? Mettez hardiment la
main sur votre cœur. Les appétits grossiers ont-ils brisé leur
frein? Votre cœur bat sans doute; mais il bat d'une intelligente admiration; le charme de la beauté vous pénètre assurément; mais votre intelligence en est mille fois plus émue
que vos sens. C'est que l'idée a purifié la matière. A présent
vos désirs planent au-dessus des sens. Vous avez goûté des
extases divines; et la saveur amère de cette volupté dangereuse, ne peut plus vous inspirer que du dégoût et du mépris. Vous avez donc asservi vos sens à l'empire paisible de

votre intelligence. Rendez hommage à l'art! C'est lui qui a développé ces dangereux, ces irrésistibles instincts de votre ame, sans dommage pour votre vertu.

Si quelqu'un doutait encore de ces idées, qu'il lise Phèdre, qu'il assiste au spectacle de ses fureurs, et qu'il déclare ensuite si cette passion sans frein, épurée par une ravissante poésie, a envoyé des vapeurs grossières à ses sens; ou si, tout plein, tout transporté de cette vision si merveilleuse par l'idée, il ne passe pas indifférent et distrait devant la beauté matérielle qu'il rencontre sur son chemin. Qu'il ouvre encore le livre si varié, où le voluptueux le plus franc et le plus aimable a plus d'une fois raconté l'histoire de ses plaisirs, et répandu toutes les couleurs d'une imagination pleine de grâce sur les sujets les moins austères; quand il aura terminé cette lecture, qu'il s'interroge, et nous verrons si, au sortir de la lecture d'Horace, la coupe même d'Horace pourrait le tenter.

L'art n'est donc pas ennemi de la morale. Mais il a ceci d'excellent, qu'il donne à l'âme un développement nécessaire. Sans doute ce développement est un plaisir. Mais ce plaisir, si l'art nous le refuse, nous le cherchons dans la matière. Il faut ici déplorer l'infirmité de l'âme. La philosophie et ce qui vaut mieux, la religion a tout fait pour couper le plaisir par la racine. Mais semblable à ces plantes robustes qui s'enfoncent trop avant au sein de la terre, ou dont le tronc résiste à toutes les blessures, le plaisir, les émotions des sens ont prévalu malgré tout. Il s'ensuit que la vie ne peut pas être mutilée, et qu'elle permet seulement qu'on la dirige. Les arts plastiques, les arts élégants, ce qui donne des émotions agréables aux oreilles et aux yeux, tout cela s'est imposé même à la religion. L'art n'a pas souffert que la religion ellemême l'employât exclusivement à son usage; il s'est étendu sur la vie, il s'est glissé dans ses situations les plus humbles, pour y apporter ces émotions douces, qui passent d'abord par les sens. Ainsi son histoire atteste à la fois et sa puissance et sa moralité. On ne peut donc nier sans injustice, même au point de vue de la morale, que l'art est irreprochable et nécessaire, qu'il prête enfin aux systèmes répressifs un concours sans lequel il manquerait toujours quelque chose à leurs succès.

XXVIII. Dans le cours de ces recherches, fascinés par la beauté de leur objet, curieux de comprendre la nature et les lois d'un fait aussi considérable dans la destinée humaine, nous avons d'abord considéré la poésie dans le monde, nous l'avons ensuite retrouvée dans la vie humaine; et reculant toujours devant nos yeux, elle nous a paru s'étendre sur tous les arts; poursuivie jusque dans les arts littéraires, nous l'avons vue s'attacher à la science elle-même pour ne s'en séparer jamais. Il ne tient qu'à nous maintenant de la retrouver dans l'éloquence, dans la littérature historique, dans tous les genres où l'âme épanche des émotions avec des idées, c'est-à-dire, sous toutes les formes littéraires, que la pensée peut revêtir.

Mais au fond, ou nous n'avons rien prouvé, dans tout ce qui précède, où il est par avance établi que la poésie ne dépend pas des formes du langage, et qu'elle s'accommode à peu près également de la prose et des vers. Ce point, au surplus, après tant de livres de prose où la poésie brille du plus vif éclat, ne saurait plus être l'objet d'une discussion sérieuse. S'il reste à ce sujet quelque chose à faire, c'est tout au plus de définir avec rigueur en quoi le discours en vers diffère du discours en prose, par rapport à la poésie. Cette question, à notre point-de-vue, est aisée à éclaircir. Nous trouvons en effet que le discours en vers est, par ses formes mêmes, un fait éminemment poétique, et que la prose ne participe que faiblement à ce caractère. Parmi les formes du fait poé-

tique, les plus parfaites sont, pour l'oreille, des sons, pour les
yeux, des mouvements et des groupes, combinés entre eux
selon les lois d'une rigoureuse symmétrie. C'est au moyen de
groupes rigoureusement symmétriques, que la versification
opère, même parmi les idées, des combinaisons, des analogies,
des contrastes, dont l'esprit est particulièrement charmé.
C'est en assujétissant les syllabes à des lois absolues de nombre, que la forme métrique produit l'harmonie et le rhythme.
De la sorte, par l'essence même du vers, le discours s'em-
pare, autant qu'il est possible, des formes de la musique.
Les effets de la forme métrique sont assez puissants, comme
chacun sait, pour suppléer, jusqu'à un certain point, aux
qualités essentielles de la poésie, la sensibilité, l'expression
colorée et vive, le style énergique. Qui ne connaît quelque
poète dont tout le mérite se réduit à une savante versification, et qui occupe dans l'art, pour ce mérite seul, une place
élevée? Nous n'avons pas à discuter les jugements dont un
poète, quel qu'il soit, dans ce genre, a pu être l'objet, ni à leur
opposer des jugements plus sévères, ou plus justes. Il ne
s'agit ici que de fixer la différence de la prose avec la versification; cette différence est, selon nous, dans les groupes
symmétriques, soit de syllabes, ce qui a lieu dans tous les
genres, soit de vers, ce qui a lieu, par la strophe, dans la
poésie lyrique. La forme symmétrique manque à la prose,
qui, sous la main des écrivains les plus habiles, ne peut atteindre qu'à des groupes analogues et proportionnés. Si nous
mettons de côté la symmétrie et ses effets, tout le reste est
commun entre la prose et le discours en vers. L'émotion entre essentiellement dans tous les genres de prose. De ce que
l'émotion est douce, de ce qu'elle ne dépasse pas un certain
degré, il ne faut pas croire qu'elle manque absolument. Une
des lois fondamentales de l'émotion est de se proportionner
à son sujet : de plus, et en ceci la nature décide et la mé-

thode n'y peut rien, l'émotion est subordonnée a l'organisation de celui qui l'éprouve. Mais, faible ou forte, elle se glisse
partout, dans la bonne prose comme dans la versification
vraiment poétique. S'il fallait des exemples, nous rappro-
cherions certains passages de Tacite de certains passages de
Britannicus, et nous n'aurions pas de peine à montrer que la
versification est à peu près tout ce que la tragédie a de plus
que l'histoire. Mais, sans recourir aux comparaisons, ne pouvons-nous pas citer comme des morceaux éminemment poétiques, le tableau que ce même Tacite a tracé du débarque-
ment d'Agrippine à Brindes, le récit des funérailles faites
aux soldats de Varus, et bien d'autres passages, auxquels il
ne manque que la forme métrique, pour égaler ce que l'épopée a produit de plus coloré et de plus émouvant? Cicéron
tout seul ne fournirait-il pas mille endroits, où l'éloquence
parcourt les tons les plus vrais et les plus émouvants, soit
de la tragédie, soit de la comédie? Quel poète a plus d'éclat
et de verve que Bossuet? N'y a-t-il pas plus de poésie dans
les lettres de Sévigné, que dans les madrigaux de Voiture?
Qui n'a lu avec délices cette description des sources du Cli-
tumne, où Pline le jeune égale presque, si j'ose le dire, les
épîtres qu'Horace a écrites avec le sentiment le plus frais et
le plus vif? Mais voilà que les noms propres font irruption
dans une étude où nous ne voulons admettre que des idées
générales. Terminons donc, en disant que, sauf l'*isométrie*
des formes, la prose admet les mêmes éléments que la versification. Du reste nous ne craignons pas d'avancer que la
sensibilité vive et féconde est aussi nécessaire au prosateur
qu'au poète. Sans émotions proportionnées, mais vives,
point de passion, point de charme, point de grâce dans le
style, et même point de fécondité heureuse pour l'esprit,
point de génie, que l'on soit Lucrèce ou Cicéron. Aussi, même
dans les genres de prose, c'est dans une sensibilité heureuse,

qu'il faut voir la première condition du talent ; c'est sur une éducation intelligente de la sensibilité, sur une sage économie de l'émotion, qu'il convient de placer la base de l'art d'écrire. Mais nous touchons ici à une question secondaire que nous voulons omettre avec beaucoup d'autres, parce que la méthode détaillée des genres nous entraînerait trop loin. Nous n'essaicrons pas non plus de combler toutes les lacunes qui, dans le tissu et la suite de nos idées, pourraient s'offrir à des esprits rigoureux. Nous-même nous y voyons plus d'un point où la doctrine pourrait aisément devenir plus étendue, et la démonstration plus abondante. Ainsi, pour aller au-devant de quelques critiques, dans certaines parties de notre idée générale, il peut sembler, nous l'avouons, que l'analyse de la question n'a pas été poussée assez loin. L'émotion toute seule pourrait aisément fournir la matière d'un vaste système. Les rapports de la vie humaine, considérée dans sa fonction poétique avec la vie universelle et les raisons fondamentales de l'être, demanderaient à eux seuls un ensemble de philosophie générale, clairement et rigoureusement constitué. Sur des questions moins élevées, sur l'histoire de l'art, par exemple, que de choses n'y aurait-il pas à dire, ou pour confirmer les principes, ou tout simplement afin de les rendre plus clairs, ou enfin pour donner une solution satisfaisante à une multitude de problèmes, dont la critique de la poésie est embarrassée? Mais fussions-nous en état d'entreprendre ces vastes et difficiles recherches, la nature de cet écrit ne se prêterait pas à les embrasser. Nous n'ajouterons pas que les idées, que nous exprimons dans cette esquisse, se lient dans notre esprit à une suite de développements, qui pourrait devenir complète. Si notre idée générale n'était pas acceptée par les maîtres de la science, il serait téméraire à nous de songer à nous avancer plus loin.

XXIX. Après tout, la tâche que nous avions entreprise se trouve terminée maintenant, et toutes nos promesses du moins sont remplies. En distinguant, dès le début de ce travail, une esthétique purement spéculative, et des méthodes essentiellement empiriques; après avoir dit que les travaux, accomplis jusqu'à ce jour sur la théorie de l'art, rentrent, à peu près sans exception, ou dans l'esthétique spéculative, ou dans les méthodes empiriques; nous fondant sur l'inutilité de l'une et l'autre de ces deux espèces de travaux, et pensant que l'esthétique spéculative se renferme dans l'explication générale de l'être et de la vie, sans rien ajouter qui puisse servir à une direction féconde des arts; que d'un autre côté les méthodes empiriques, se bornant à l'inventaire des choses faites, et apercevant bien moins les lois générales que leurs applications dans le détail, ne sont d'aucun secours pour l'artiste, dans sa première lutte contre la nouveauté d'un sujet, au moment décisif où il conçoit son œuvre, où il en arrête le dessein, et la crée, dans ce qu'il y a de plus essentiel; après cette critique rapide de ce que les autres ont fait, nous avons dit ce qu'à notre tour nous voulions essayer de faire. Remonter à la métaphysique de l'art, autant qu'il le faut pour poser les fondements de l'art même; mais ne point aller au-delà; recourir ensuite aux monuments, et en considérer la construction et les parties élémentaires, pour rapporter la pratique à la théorie et les mettre d'accord l'une avec l'autre; dans cet effort pour unir étroitement la pratique à la théorie, montrer d'abord, dans la vie générale, dans les fonctions permanentes du réel, ce qui agit sur la vie humaine comme cause, et ce qui s'y répète par analogie; distinguer, dans les rapports de la vie humaine, avec le réel extérieur, les rôles divers de la faculté de sentir et de la faculté de connaître, et montrer que, dans la vie, celle-ci est liée, mais subordonnée à celle-là; expliquer ce que l'art est par rapport à la vie, et comment il y met la liberté et le choix ; faire voir par quelles opérations nécessaires la nature extérieure fait entrer dans l'âme humaine les éléments de la poésie et le goût de l'art poétique, par quels procédés le génie poétique se retourne sur l'âme elle-même ou sur la nature extérieure, pour en tirer les données et la règle de ses productions, sous quelle influence il s'anime lui-même et se fortifie, d'où vient la lumière qui dirige le plus sûrement ses instincts ; montrer avec quels éléments et par quels procédés tout poème se construit, et à quelles conditions le poète excelle ; prouver que, dans l'exposition de cette théorie, les questions secondaires sont seules omises, mais qu'elles se déduisent facilement des principes, qui y sont posés ; déterminer enfin les rapports de la poésie avec la science, et réconcilier l'art avec la morale, afin de mieux démontrer l'importance et la nécessité de la poésie et de l'art en général ; pour construire ce système, n'employer que les données les plus claires et les plus positives du sens-commun et de l'expérience, avec un soin scrupuleux d'écarter et de fuir le paradoxe et la nouveauté ; n'admettre enfin aucun principe et ne rien dire qui ne soit fécond pour la pratique : tel a été notre but, tel a été le programme que, dès le commencement, nous nous sommes tracé. Ce but nous l'avons atteint par une marche plus ou moins directe, et nous l'avons touché d'une main plus ou moins ferme ; mais il nous semble que nous y sommes parvenus ; et bien ou mal, notre programme est rempli. Ce qui manque, n'a tenu qu'à notre insuffisance, et nous ne pouvions pas mieux faire.

XXX. Toutefois, sans rien préjuger de favorable sur la valeur de nos idées, et en donnant ce léger essai pour ce qu'il est, en avouant qu'il laisse désirer, ici, des démonstrations plus approfondies, là, des déductions plus suivies et mieux développées, nous croyons pouvoir soutenir les propositions qui suivent, à savoir :

Que la poésie est dans la nature et dans le monde, avant d'entrer dans la vie humaine; que l'âme humaine la subit comme une fonction essentielle de la vie, mais qu'elle se l'approprie et l'épure, en la transformant au moyen de l'art; que le caractère unique et essentiel de la poésie, soit dans l'art, soit dans la nature, c'est d'exciter une émotion agréable dans l'âme ; qu'ainsi, fondé sur les analogies et les lois de la poésie naturelle, et ne produisant que les mêmes effets, l'art poétique, soit dans les arts plastiques, soit dans la littérature, est purement et simplement l'art d'émouvoir.

FIN.

TABLE DES MATIÈRES.

FIN DE LA TABLE DES MATIÈRES.

www.ingramcontent.com/pod-product-compliance
Ingram Content Group UK Ltd.
Pitfield, Milton Keynes, MK11 3LW, UK
UKHW020928140726
13695UKWH00003B/1035